和谐校园文化建设读本

SHICIZHIQING

诗词志情

韩云霞/编写

吉林教育出版社

图书在版编目(CIP)数据

诗词志情 / 韩云霞编写. — 长春：吉林教育出版社，2012.6（2022.10重印）

（和谐校园文化建设读本）

ISBN 978-7-5383-8942-5

Ⅰ.①诗… Ⅱ.①韩… Ⅲ.①诗词－鉴赏－中国－青年读物②诗词－鉴赏－中国－少年读物 Ⅳ.①I207.2-49

中国版本图书馆 CIP 数据核字(2012)第 116125 号

诗词志情

SHICI ZHI QING

韩云霞　编写

策划编辑　刘　军　　潘宏竹		
责任编辑　付晓霞	装帧设计　王洪义	

出版　吉林教育出版社（长春市同志街 1991 号　邮编 130021）

发行　吉林教育出版社

印刷　北京一鑫印务有限责任公司

开本　710 毫米×1000 毫米　1/16	**印张**　12.5	**字数**　159 千字
版次　2012 年 6 月第 1 版	**印次**　2022 年 10 月第 3 次印刷	
书号　ISBN 978-7-5383-8942-5		
定价　39.80 元		

编 委 会

主　　编：王世斌

执行主编：王保华

编委会成员：尹英俊　尹曾花　付晓霞

　　　　　　刘　军　刘桂琴　刘　静

　　　　　　张　瑜　庞　博　姜　磊

　　　　　　潘宏竹

　　　　　　（按姓氏笔画排序）

总 序

千秋基业，教育为本；源浚流畅，本固枝荣。

什么是校园文化？所谓"文化"是人类所创造的精神财富的总和，如文学、艺术、教育、科学等。而"校园文化"是人类所创造的一切精神财富在校园中的集中体现。"和谐校园文化建设"，贵在和谐，重在建设。

建设和谐的校园文化，就是要改变僵化死板的教学模式，要引导学生走出教室，走进自然，了解社会，感悟人生，逐步读懂人生、自然、社会这三本大书。

深化教育改革，加快教育发展，构建和谐校园文化，"路漫漫其修远兮"，奋斗正未有穷期。和谐校园文化建设的研究课题重大，意义重要，内涵丰富，是教育工作的一个永恒主题。和谐校园文化建设的实施方向正确，重点突出，是教育思想的根本转变和教育运行机制的全面更新。

我们出版的这套《和谐校园文化建设读本》，既有理论上的阐释，又有实践中的总结；既有学科领域的有益探索，又有教学管理方面的经验提炼；既有声情并茂的童年感悟；又有惟妙惟肖的机智幽默；既有古代哲人的至理名言，又有现代大师的谆谆教诲；既有自然科学各个领域的有趣知识；又有社会科学各个方面的启迪与感悟。笔触所及，涵盖了家庭教育、学校教育和社会教育的各个侧面以及教育教学工作的各个环节，全书立意深邃，观念新异，内容翔实，切合实际。

我们深信：广大中小学师生经过不平凡的奋斗历程，必将沐浴着时代的春风，吸吮着改革的甘露，认真地总结过去，正确地审视现在，科学地规划未来，以崭新的姿态向和谐校园文化建设的更高目标迈进。

让和谐校园文化之花灿然怒放！

本书编委会

目 录

第一章　魏晋风流

七步诗成泪满襟

曹植(公元192—232年),是曹操的第三个儿子,字子建,沛国谯(今安徽亳州)人,世称"陈思王"。因为与其胞兄曹丕争夺太子之位,明争暗斗,十有余年。曹操死后,曹丕称帝,即魏文帝,对曹植横加迫害。曹植的诗现存80首,诗文集为宋人所辑,名《曹子建集》。这里介绍他的著名小诗:

七步诗

煮豆持作羹,漉菽(shū)以为汁。

萁在釜下燃,豆在釜中泣。

本是同根生,相煎何太急?

诗中的持是拿来的意思。羹是用肉或菜做成的糊状食物。漉(lù)是过滤。菽是把豆子的残渣过滤出去,留下豆汁做羹。萁(qí)是豆茎。釜是锅。全诗用比喻象征的笔法。意思是说,煮豆人们是用来做汤的,豆子煮熟即可滤作汤汁。豆茎在锅下燃烧,豆子在锅里哭泣。豆子的意思是说:"你我本是同根生长而成,你怎么对我煎熬得这般急切。"诗人将自己比作豆子,将曹丕比作豆萁;同根,指你我本是同父同母(曹植与曹丕都是曹操妻子卞氏所生)。比喻是十分恰切的。《世说新语》的卷四《文学》篇记载:"文帝尝令东阿王(曹植曾封东阿)七步中作诗,不成者行大法。应声则为诗曰:'煮豆持作羹……相煎何太急?'帝深有惭色。"当了皇上的哥哥,命令弟弟七步作出诗来,作不出来就施"重刑大法",看出这位哥哥为了争夺帝位,不但完全抛弃了兄弟情义,而且非置之死地才能解恨。其实,他几次想治死曹植,只是由于母亲卞氏多方维护,才不得下毒手。同时,我们还可看出曹丕的另一项恶劣品德,就是嫉妒。曹丕也是个大诗人、文学家。魏晋时代所说的"三曹",就是曹操、曹丕、曹植。但他的才华比他弟弟差了许多。曹操生前,多次测试,已成定论。此处可见嫉妒与怨恨的情绪很深。封建时代,为了争夺皇帝的宝座,父子相残,弟兄杀戮的事情几乎每个朝代都有。我们从曹植的这首诗中,可以清楚地看到这种惨无人道的争权夺势的斗争。诗人曹植,此时是一个弱者,一个任人宰割的弱者。然而这个弱者也有惊人的胆略与气魄,至于他的才华那是无须说明的。试想,七步之间,即便步伐很慢,那么,七步也就是几眨眼的工夫,他要成诗,免不了有立意、选材、谋篇布局,还要考虑字数、韵脚,这不是一般的才华所能应付得了的。毫不夸张地说,这是天才。但是,即便是天才,没有胆略和气魄也是不行的。试想,倘是一个怯懦的人,听到"七步成诗"的命令,吓得魂不附体,还能写出诗来吗?

隐士情怀彭泽风

饮酒(其五)

陶渊明

结庐在人境,而无车马喧。

问君何能尔?心远地自偏。

采菊东篱下,悠然见南山。

山气日夕佳,飞鸟相与还。

此中有真意,欲辨已忘言。

对生命本真状态的真切体念——"结庐在人境"意象剖析：弗洛伊德等西方精神分析学派认为，人的心灵深处有一个"本我"，还有一个"超我"。"本我"，就是老子哲学中的归根反本，它摆脱了文化符号的异化与扭曲，如婴儿自然而和谐的生命的本来面目，它接近于西方存在主义哲学所标举的生命的本真状态。"超我"则是社会文化塑造，特立而成自我，是存在于社会现实中，充当种种特定的社会角色，按照群体规范和要求行动的自我。"本我"和"超我"是一对矛盾，和谐地统一在人的灵魂深处。一时"本我"占据上风，一时"超我"表现明显。"超我"和"本我"的交错呈现，显示了人在不同时期里的不同行为表现甚至整个人生追求。放眼封建时代，许多文人在妥协世俗、扩展生命以用世；努力追求"超我"的同时，其实内心深处也时时流露出对险恶官场及叵测社会的厌弃，在竭尽心机的回归"本我"，力所能及地体念着生命的本真状态，如竹林七贤、谢灵运、陶渊明、李白、王维、苏轼等，但其中在追求"本我"道路上走得最远的，对这一状态体念得最真切的，恐怕要数陶渊明了。陶氏不但敢想，而且敢做；不但做了，而且做得那么彻底。他的这一处世心态在他的许多诗篇中均有所表露，在《饮酒》系列中尤其发挥到了极致。本诗便以"结庐在人境"开头为例略作阐释。

《饮酒〈其五〉》一诗，是陶渊明诗歌意象的顶峰。在这首诗中，"本我"摆脱了"超我"的纠缠，澄明无碍地存在于诗歌意象中。"结庐在人境，而无车马喧。问君何能尔？心远地自偏"，这种"远"与"静"的境界是"本我"战胜"超我"后才可能出现的。"心远"并不仅仅是因为"地偏"，最关键的恐怕还是陶氏在心灵上的真正忘世，倘若心为物役，尘根未了，则即使身处"无车马喧"的偏地，也仍然会为凡事俗情所羁绊，像唐朝王维那样像模像样地隐居终南，但他心里图的依然是那条加官晋爵的捷径。

在王维身上，"本我"仅仅是追求"超我"的一种手段。而陶渊明则完全不同，他的"超我"已然被排斥在心灵之外，"本我"即生命的本真已呈现出一种完完全全的展开状态。这个时候，不管形体在田园还是在闹市，"心远地自偏"，这种澄明无碍、自由自在的心灵使万物都展现出宁静悠远的情韵。

"采菊东篱下，悠然见南山。山气日夕佳，飞鸟相与还。"至此，诗人与"本我"融为一体。采菊的陶渊明，已是摆脱了各种尘世纷扰，以生命本真状态呈现的陶渊明了。他心灵的悠然空明，投射在菊花与南山的意象中。他的整个身心已融入山气和美丽的夕阳之中，又似乎化作了飞鸟在大自然的怀抱中翱翔。如此心平气和、心无旁骛地与大自然相承合，体味着大自然本身无穷的韵味。在这种观照中，物是原态的，心是宁静的，心物交汇在内心里，在和谐意识中，认认真真地进入了一种物我同一的"忘我"状态。

前四句，诗人摆脱"超我"从世俗回归自然；中间四句，诗人又以一种超脱虚静的心态，真切地体念着生命的本真状态；到了最后两句，诗人则更似乎进入了一种神情恍惚、虚无缥缈的仙幻之境。"此中有真意，欲辨已忘言"，所谓的"真意"即是对回归生命本真的体念与感受。这种体念与感受想要说但说不出来。古人说得好，"得意必忘言"，已然得了"真意"的陶氏，合情合理地"忘言"，决不是故作高深，只是这种感受确实只可意会，不可言传。

这首诗中无酒，诗人却将其归入饮酒二十首，且成为其中冠冕，原因就在于其意象的捕捉与构成具有直觉无意识的酒神精神的特点。诚如古人所说："这首诗意象构成中景与意会，全在一偶然无心上。'采菊'二句，俱偶尔之兴味，东篱有菊，偶然采之……而南山之见，亦是偶尔凑趣。

山且无意而见,菊岂有意而采……山中飞鸟,为日夕而归……但其归也,适值吾见南山之时,此亦偶凑之趣也。其一点'真意',乃千圣不传之秘,即道书千卷,佛经完万叶,犹不能尽厥蕴,故但以'欲辨已忘言'五字喝断'此中有真意'之间。虽然,固已言之矣,不曰'采菊东篱'云乎?""偶尔之兴味",即审美的直觉无意识状态。从此状态中蜕化而出的诗歌意象,才能获得"境在寰中,神游象外"的悠远不尽的意味。这偶然无心的情与景会,正是诗人生命自我敞亮之时其空明无碍的本真之境的无意识投射。这里,相与归还的鸟儿和悦欣慰,它们没有了彷徨,没有了迷茫,也没有了离群之悲伤。它们投射着诗人摆脱"超我"的孤独迷惘后,精神获得巨大的归属和依托感,从而呈现出自由而宁静欢畅的心情。

对生命本真状态的真心体念是这首诗真意之所在,也是《饮酒》诗及陶渊明诗歌的终极目标。

第二章　大唐气象

南冠客子白头吟

咏　蝉

骆宾王

西陆蝉声唱，南冠客思深。

不堪玄鬓影，来对白头吟。

露重飞难进，风多响易沉。

无人信高洁，谁为表予心。

这是一篇著名的咏物抒情诗。此诗标题又叫《在狱咏蝉》。作者骆宾王（约公元638－684年后）婺州义乌（今浙江金华）人。曾任临海丞。随徐敬业起兵反对武则天，作《讨武曌（zhào）檄》，传为名文。武则天见此文叹道："有如此才，坐使流落不遇，宰相之过也。"意思是说，有这样的才华，却未得重用，这是宰相的罪过。徐敬业败，不知下落。有的说被杀了，有的说出家了。骆宾王与王勃、杨炯、卢照邻诗文齐名，被称为"初唐四杰"。

"西陆蝉声唱，南冠客思深。"西陆指秋天。司马彪《续汉书》："日行西陆曰秋。"古人将周天分成二十八宿（xiù），"日行西陆"是说太阳运行在西方七宿的时日，叫作秋季。南冠，指囚徒。《左传·成公九年》："晋侯观于军府，见钟仪，问之曰：'南冠而絷者谁也？'"有司对曰："郑人所献楚囚也。"说的是："晋国的国君见到钟仪，问道：'那个带着南方人帽子的而且被捆绑的人（指钟仪）是谁呀?'管事的人回答:'是郑国人献来的楚国的囚徒啊!'"于是,后人用"南冠"称呼囚徒。第一句写的是"蝉在深秋里高声地歌唱"。第二句写的是"我这个囚徒思乡之情深沉无比"。此时诗人因上疏武则天获罪,被打入监狱。第一句写蝉,第二句写南冠(自己)。"不堪玄鬓影,来对白头吟。"玄鬓影指蝉。晋人崔豹《古今注·杂注》记载:魏文帝时的宫女莫琼树制作一种蝉鬓,缥缈如蝉翼,称作蝉鬓,亦即玄鬓。白头吟,汉代司马相如想要娶一位茂陵的女子为妾,他的妻子卓文君作《白头吟》一诗来排遣愁绪。第三句写蝉,第四句借卓文君写自己。意思是:"我怎能禁得起用你(蝉)的玄鬓的黑影来对我的'白头'的诗句呢?"这个意思是说:我像卓文君一样,她为了爱她的丈夫而遭到遗弃而作痛苦的《白头吟》;我为了国家的安危而上疏当权者,当权者不但不采纳我的意见反而将我治罪下狱,我也在作我的《白头吟》(即是这一篇《在狱咏蝉》)。那么,蝉儿啊! 我此时的心情怎能禁得住你这凄厉叫声的摧折呢?

"露重飞难进,风多响易沉。"此时露水是这样沉重,沾在你(指蝉)的翅膀上使你难以向前飞进;秋风是这样猛烈,使你那凄厉的叫声不能飞远,显得愈加沉闷。这两句是借蝉写自己的处境与情怀。意思是说,我也像你一样在露重(比喻武则天的淫威)的时刻难以前行;在"风多"(比喻小人当道——见喻守真《唐诗三百首详析》)的境地里极易沉沦。最后,作者又借助咏蝉直接抒发自己的心志。"无人信高洁,谁为表予心。"蝉儿啊! 谁能相信你的高尚而洁白的品格呢? 谁能为我表述我那忠贞不贰的情致呢? 只有你能为我而歌唱,只有我能为你而证明,我与你心心相印了。这末句的意思还包含着对自己银铛入狱的控诉。古人说:"文如其人。"只有骆宾王这样真诚的人,才能写出这样感人的诗。

春风二月冷并刀

咏 柳

贺知章

碧玉妆成一树高，万条垂下绿丝绦。

不知细叶谁裁出，二月春风似剪刀。

诗中所说的咏柳，就是写柳，吟咏柳，赞颂柳。这是中国古典诗词的一个类别，名叫"咏物诗"，即借助吟咏事物（一般是物）而抒发作者个人的某种思想感情。比如写柳，这就是古人常写的题目。柳有两个特点：一是它的颜色，深沉碧绿；二是它的柳丝，袅娜多姿。一般诗人常由此入手而写咏柳诗。贺知章的这首诗有与众不同之处，它不是直接进行描写，而是先将柳树人格化，然后再把这柳作为人来描写。这样，就充满了情趣。这种写法我们今天称之为拟人化，但这里也稍有不同。今日所说的拟人是一种修辞格，是一种修辞方法；此诗中的人格化是一种人格化的描写，是一种创作方法。

诗中所说的"碧玉妆成"有人解作"像碧玉那样的妆扮成了"，恐怕这不对。这里的碧玉是名词，是指人。南朝时有一个美女姓刘，名叫碧玉，嫁给汝南王。南朝梁元帝作诗《采莲赋》有"碧玉小家女，来嫁汝南王"。后来，汉语语汇中有一个与"大家闺秀"相对称的说法叫"小家碧玉"，就是由此而来的。这个意思出自《乐府诗集·碧玉歌》："碧玉小家女，不敢贵德攀。感郎意气重，遂得结金兰。"此外，唐代在贺知章前不久，也有一个女子叫碧玉的，她名叫窈娘，是右补阙乔知之的妾。唐人张鷟《朝野签载》记载："……乔知之有婢碧玉，姝艳能歌舞，有文华，知之时幸，为之不婚。伪魏王武承嗣暂借教姬人梳粧，纳之，更不放还知之。知之乃作《绿珠怨》以寄之……碧玉读诗，饮泪不食三日，投井而死。"这是说她被伪朝（武则天朝）的魏王武承嗣夺去。乔知之给她作诗，她投井而死。这个故事大约发生在唐中宗时期,距贺知章不过几十年,想必贺知章一定知道此事。总之,话拉回来,"碧玉妆成一树高"一句指人,说的是这个叫碧玉的美女梳妆完毕,她有一树之高(这是借人写树)。绦是一种用丝编成的绳子与带子,有时也作垂穗使用,一般用于妆饰。这是说,这位美女碧玉身上垂摆着上万条的丝绦,这又是借丝绦写柳枝。然而,定睛一看,这丝绦之上还有许多细叶,这叶肯定是又小又细,不注目观看是看不见的(因为那样只能看见丝绦)。这时,作者灵感顿时生发,咏出两句奇妙的诗句:这样细小的柳叶,是哪一位巧夺天工的妙手裁剪出来的呢?开始说不定还怀疑是这位美女碧玉自己裁出的呢!仔细一想,不对。那么,是谁裁剪出来的呢?作者惊叹道:"你们没有感觉到吗?二月的春风像剪刀一样锋利。"这一结论,"比那碧玉自己裁出还要美丽而高雅"。因为春风这剪刀不是一般人能使的,必是"造化"亲手用"春风牌"的这把剪刀为美女碧玉的丝绦上剪裁出又小又细的柳叶来的。这时,你再细细体会,才有了诗味。但你不要忘记,这"二月春风似剪刀"是人们感受出来的。怎样感受出来的?是通过皮肤感受出来的。也就是说,这正是二月春风那种冷飕飕的如同刀刮一般的感受。这样,给人的感觉则是,柳虽是柔弱多姿的品物,却也有耐冷抗寒,坚强不屈的精神。这是贺知章此诗意境与别人不同的地方。古人以为并(音 bīng)州的剪刀是最锋利的,而此时的"二月春风",也如并州的剪刀一样冷飕飕的。

百种情怀一笑中

回乡偶书二首(其一)

贺知章

少小离家老大回,乡音无改鬓毛衰。

儿童相见不相识,笑问客从何处来?

据《全唐诗》介绍贺知章情况的文章中说,贺知章(字季真,号四明狂客)于天宝初年提出辞去官职,告老还乡。此时的贺知章已经八十多岁了。回乡后不久(有的说就在这一年),八十六岁的贺知章死于故乡,即会稽的永兴(今浙江萧山区)。那么,这两首小诗,就是老诗人离家之后五六十年,又回到故乡时即兴写成的,我们选的是第一首。"少小离家老大回",明白如话,很年轻的时候离家出行,"老大"之时才能回来。诗人虽然离家五六十年,但是,满口的家乡口音尚未改变,只是双鬓及头发已经全都变白了。我们脑海中立即闪出一位白发苍苍的老翁,回到家乡,那兴奋而又犹疑的神态。家乡,一定是他极熟悉的,但是,离开五六十年,这时的家乡,又是他很陌生的,于是他心中必然有兴奋与犹疑的两种互相矛盾的心情。这种心情,我们的青少年朋友们是很难体察的。下面,作者抓住了一个很典型却又很有情趣的小事,即是儿童们见到"我"却都不认识,反而笑嘻嘻地问道:"老先生从哪里来的呀?"既然是儿童,也不过十一、十二岁,诗人离家之时不要说他们,他们的父母也还都没有出生呢!他们怎么能认识这位老诗人呢?诗人此时的心境如何呢?我们可以想象,一定是感慨万千的。随着世事的推移,沧桑的演变,人事的变化,诗人满目所观皆非昔日,而这帮小孩子又如此的天真活泼,再加上自身已是苍髯老者,因此感慨万端。正如诗人在第二首中写道:

离别家乡岁月多,近来人事半消磨。

惟有门前镜湖水,春风不改旧时波。

睡意蒙眬念落花

春 晓

孟浩然

春眠不觉晓,处处闻啼鸟。

夜来风雨声,花落知多少?

这是一首家喻户晓的唐诗佳作。小诗只有四句,短短二十个字,却开拓出一个令人身临其境的可知可感的意境。诗人的高明之处在于,他能说出人人心里有所感受,人人口上说不明白的那样一种感情体验。"春眠不觉晓"一句,并不是真的不知道天已经亮了,既然外边已经"处处"可以听到"啼鸟",那就肯定知道天是亮了。夜间鸟是不啼的。那么,诗人为什么还说"不觉晓"呢?这原因就在于俗话所说的"春困秋乏"。春季人们容易发困,诗人此处写的就是醒来又睡,睡了又醒的蒙眬境界。醒来之际,听到啼鸟,已知天晓;又蒙眬睡去,这时才是"不觉晓"的精神状态。"处处闻啼鸟"什么意思呢?这是说窗外花园里的远近东西都有鸟儿在啼叫。诗人怎么知道的呢?从鸟啼的声调、高低就可判断出鸟儿的远近东西来。这是一种听觉的欣赏过程,很有情趣的。第三句,"夜来风雨声",是说"一夜来","入夜以来",风声雨声不断。但是,请注意,拂晓以来,风声雨声都停了,怎么知道"处处闻啼鸟"?风雨之中鸟儿一般是不叫的,尤其不能"处处"都闻到。此时说不定已经旭日东升了也未可知。诗人夜间没有睡好,是因为连夜风雨大作。此时,诗人心中只惦记一件事:花是要在春雨中开放的,但是,一夜之间的这样大的风声雨声,将使多少鲜花坠落在地上啊!这种担心不是拂晓以后才有的,而是入夜以来听到风声雨声就有了的一种忧虑。

这事情其实是很简单的,只要拉开窗帘一看,就知道"花落多少"了。但是,请注意,如果说"拉开窗帘一看,花儿落了一半",那还是诗吗?诗的妙劲,就妙在心里时时惦记花落,却只是在这里猜想,这样才含蓄,才蕴藉,才有诗味,才是诗。你能品味出这一点来吗?

秦关汉月照边心

王昌龄(公元694—756年),字少伯,京兆长安人(今陕西西安),盛唐时代的重要诗人。王昌龄29岁考中进士,授秘书省校书郎之职。后改授汜水尉,又贬为江宁丞,晚年再贬为龙标(今湖南洪江西)尉。李白听到此消息,作诗曰《闻王昌龄左迁龙标遥有此寄》,诗是七言绝句:"杨花落尽子规啼,闻道龙标过五溪。我寄愁心与明月,随君直到夜郎西。"九年后(安史之乱后),白发还乡,路经亳州,被亳州刺史闾丘晓杀害。后来,江南西道观察使张镐杀了闾丘晓,为诗人报了仇。闾丘晓也是诗人,《全唐诗》存有他的五言律诗一首。闾丘晓临死向张镐求饶,说家中有亲人,请求饶命,张镐说:"王昌龄的亲人由谁来养活呢?"

王昌龄青年时代随军队经常出没于西北边境一带。可见,他对边塞生活十分熟悉,他是唐代重要的边塞诗人。我们介绍他的一首边塞诗。

出塞(二首选一)

秦时明月汉时关,万里长征人未还。

但使龙城飞将在,不教胡马度阴山。

诗中首句是修辞学上的互文修辞格,意思是秦时的明月和关隘与汉时的明月和关隘。"明月"与"关"在前半句与后半句中不过是承前省略与延后省略。第二句指"出塞"的将士们自古以来便进行这万里长征,古代的人多未还乡,今天也是一样。第三句的意思是"只要汉代的飞将军李广还在这里,那么,就可以不教胡人的马队度过阴山之南"。阴山在现在内蒙古自治区中部及河北省北部。飞将,指汉代飞将军李广。

这首诗虽然有景物(秦时明月汉时关),有事情(万里长征人未还),但从主体说还是边庭战士的言志诗。所谓言志诗便是述说主人公的心愿与志向,诗的第三、四句便是言志。这首诗的言志反映了戍边战士的矛盾心理。一方面,抛家舍业数十年,老人儿女无人抚养,田园荒芜无人照料,骨肉不能团聚;另一方面,胡人屡次侵犯边境,又不能抛开边疆的守卫事业跑回家去,放弃守卫国土的责任。这两种相互矛盾的心情如何才能统一起来？战士们首先想到的是国家的利益，保卫国土还是重要的。如何才能保住国土呢？只有像"飞将军"李广那样的人带领我们戍边，匈奴才不敢越过阴山。当然，这里对八百年前的李广如此怀念是有其弦外之音的。这弦外之音是什么呢？一般说来是借古讽今，这是怀古诗的特点。言外之意便是说今日率领我们打仗的将军无能。清人沈德潜在《说诗晬语》中说："'秦时明月'一章，前人推奖之而未言其妙，盖言劳师力竭，而功不成，由将非其人之故；得飞将军备边，边烽自熄，即商常侍（高适）《燕歌行》归重'至今人说李将军'也。防边筑城，起于秦汉。明月属秦，关属汉，诗中互文。"

　　这首诗是脍炙人口的千秋佳作，出自大诗人的手笔。大诗人的手笔自然与一般人不同，你看诗的第一句，一般人写关写月只是写关写月，王昌龄写关写月一笔宕出千年以前，地点也是一笔宕出好几千里。这样，小小的四句短诗，就托出横亘几千里，纵览两千年的漫长而庞大的画面，一下子将读者的心灵拓展出一个无边无际的境界，使读者如同站在历史的高山上，看到千古以来的戍边将士的辛苦与希望。这就是作诗的大手笔。诗人看到的不是一人的痛苦，而是多人的，历代的痛苦，顿然使诗中蕴藏着忧今忧古，忧国忧民之意，感人至深。如果我们能从这两个方面理解这首诗，基本上就算是弄懂了。

一片冰心在玉壶

芙蓉楼送辛渐

王昌龄

寒雨连江夜入吴，平明送客楚山孤。
洛阳亲友如相问，一片冰心在玉壶。

关于王昌龄，前面已略有介绍，此处需要介绍的只是两点：一是此诗创作之时作者正任江宁丞之职，这是作者作此诗的前提；二是作者王昌龄的人格有他的不同寻常之处。王昌龄生来性情孤傲，不修边幅，恃才傲物。王昌龄虽然有他的才华诗思，然而毕竟是孤芳自赏，何况他又是在被贬谪之际，那么这首诗的意思也就比较好理解了。"寒雨连江夜入吴"，是说诗人送辛渐离别之际，正是寒雨纷纷而落，又是在夜间，这一片寒雨落入吴地。在江南之地而感到寒雨，这就不只是地域的寒冷了，而必是有作者心中寒的感觉了。"平明送客楚山孤"，是说平明（黎明）之际送走客人（辛渐），似乎楚山也感到孤单。实际上，这个楚山，正是作者自身孤独之感的象征。那么，此时作者为友人辛渐送行，如果遇到洛阳的亲友们问到我，怎么办呢？倘若你遇到有人这样问到我，那么你怎么回答呢？你就可以告诉他们：我在这里的情况可以说清楚，叫作"一片冰心在玉壶"。"冰心""玉壶"古人用以比喻高洁，就是说，我如一片冰一样凝结的心已经被放在玉壶之中了。"一片冰心在玉壶"这话本身就体现了一种思想，一种性情，一种人格，一种毅力。

本诗的后两句，"洛阳亲友如相问，一片冰心在玉壶。"并不是很简单就可以理解的。这需要有较为复杂的生活经历才能真正理解。这对于青少年朋友就是较为困难的事情了。只有对现实生活中许多事情感到厌烦的"心"，才能感到自己的"心"仿佛在"玉壶"之中一样。当然，这是指王昌龄所经历的那种封建社会的状况。其实，话说到这里，我们（包括青少年朋友们）已经应该知道王昌龄是一个什么样的人了。他是一个不修边幅，不从俗流，不慕权贵，不肯随波逐流的人。于是他才有自己的"一片冰心"可守。如果他是一个吃喝玩乐，随波逐流，与唐代初年那些庸俗的官吏一样，他还有什么"一片冰心"？可见，一个人要想作出好诗来，首先应该做一个好人。

山空人静鸟幽鸣

鸟鸣涧

王　维

人闲桂花落，夜静春山空。

月出惊山鸟，时鸣春涧中。

关于这首诗中的桂花，颇有些分歧意见。一种解释是桂花有春花、秋花、四季花等不同种类，此处所写的当是春日开花的一种。另一种意见认为文艺创作不一定要照搬生活，传说王维画的《袁安卧雪图》，在雪中还有碧绿的芭蕉，现实生活中不可能同时出现的事物，在文艺创作中是允许的。不过，这首诗是王维题友人所居的《皇甫岳云溪杂题五首》之一。五首诗每一首写一处风景，接近于风景写生，而不同于一般的写意画，因此，以解释为山中此时实有的春桂为妥。

桂树枝叶繁茂，而花瓣细小。花落，尤其是在夜间，并不容易觉察。因此，开头"人闲"二字不能轻易看过。"人闲"说明周围没有人事的烦扰，说明诗人内心的娴静。有此作为前提，细微的桂花从枝上落下，才被觉察到了。诗人能发现这种"落"，或仅凭花落在衣襟上所引起的触觉，或凭声响，或凭花瓣飘坠时所发出的一丝丝芬芳。总之，"落"所能影响于人的因素是很细微的。而当这种细微的因素，竟能被从周围世界中明显地感觉出来的时候，诗人则又不禁要为这夜晚的静谧和由静谧格外显示出来的空寂而惊叹了。这里，诗人的心境和春山的环境气氛，是互相契合而又互相作用的。

在这春山中，万籁都陶醉在那种夜的色调、夜的宁静里了。因此，当月亮升起，给这夜幕笼罩的空谷，带来皎洁银辉的时候，竟使山鸟惊觉起来。鸟惊，当然是由于它们已习惯于山谷的静默，似乎连月出也带有新

的刺激。但月光之明亮,使幽谷前后景象顿时发生变化,亦可想见。所谓"月明星稀,乌鹊南飞"(曹操《短歌行》)是可以供我们联想的。但王维所处的是盛唐时期,不同于建安时代的兵荒马乱,连鸟兽也不免惶惶之感。王维的"月出惊山鸟",大背景是安定统一的盛唐社会,鸟虽惊,但绝不是"绕树三匝,无枝可依"。它们并不飞离春涧,甚至根本没有起飞,只是在林木间偶尔发出叫声。"时鸣春涧中",它们与其说是"惊",不如说是对月出感到新鲜。因而,如果对照曹操的《短歌行》,我们在王维这首诗中,倒不仅可以看到春山由明月、落花、鸟鸣所点缀的那样一种迷人的环境,而且还能感受到盛唐时代和平安定的社会气氛。

王维在他的山水诗里,喜欢创造静谧的意境,这首诗也是这样。但诗中所写的却是花落、月出、鸟鸣,这些动的景物,既使诗显得富有生机而不枯寂,同时又通过动,更加突出地显示了春涧的幽静。动的景物反而能取得静的效果,这是因为事物矛盾着的双方,总是互相依存的。在一定条件下,动之所以能够发生,或者能够为人们所注意,正是以静为前提的。"鸟鸣山更幽",这里面是包含着艺术辩证法的。

啸傲竹林人不知

　　王维,字摩诘,先世太原祁县(今山西)人,其父迁居蒲州(治今山西永济西南蒲州镇),遂为河东人。要说官职,王维的官职也不算太小,他做到尚书右丞。但王维这人性格比较超脱,情趣颇为飘逸,在唐代诗人中是突出的一位。古人说:"文如其人。"王维的诗也是如此,多写边塞诗、山水诗、闺怨诗、田园诗。王维喜好佛教,他的诗受佛学影响极大。这也是深入理解他的诗的一条途径。

竹里馆

王　维

独坐幽篁里,弹琴复长啸。

深林人不知,明月来相照。

　　诗中的幽是深的意思,篁是竹林的意思,幽篁就是幽深的竹林或竹林的深处。啸字原指动物的叫声。这里,长啸指高歌,无拘无束,任自己的性情去高声歌唱。那么,这四句诗的意思就极其明了,极其简单。它只是写:我一个人独自坐在幽深的竹林里,一边弹琴一边放开嗓子歌唱。深深的竹林啊,没有人知道我,皎洁的月光啊,照在我的身上。

　　欣赏古典诗词是一件很难的事情。现在请问你,就这四句诗它的妙处在哪里?它何以成为千秋的名篇?它的艺术魅力究竟何在?为什么此诗在满眼珠光宝气的唐诗之中也是上品?你能品味出来吗?一般说来,青少年朋友们读这类诗是有一定的困难的,因为这其中有着较深的人生体验。

　　我们简单分析,此诗有两大意蕴:其一,王维在一个叫辋川的地方长期过隐居生活,此诗中就有这种超脱的意境。这首简单的小诗里反映出诗人一种悠闲自在的心情,这种生活必须与封建时代官场的明争暗斗,钩心斗角的生活相比照才能深刻理解。此时,诗人坐在竹林里,万念皆消,悠然自适,只剩下享受逍遥与清闲这件事了。这种心情是多么惬意呀!其二,任何人都有一种独处的要求,任何人都有一种自我赏识,自我体验,孤芳自赏与顾影自怜的想法。人人心中皆有,人人笔下皆无,唯独诗人吟咏而出,又触动了"人人"心中的情趣,这在文学鉴赏上叫作共鸣,这就是人们喜爱这首诗的原因。独自一人,竹林深处(这个条件很重要,它使远处的人也看不见自己),引吭高歌,这情趣与月色映照下的竹林,形成一种意境,这就是此诗的妙处。

相思红豆染诗心

相 思

王 维

红豆生南国,春来发几枝?

愿君多采撷,此物最相思。

这是一首著名的咏物寄情诗。咏物,咏的是红豆;寄情,寄的是相思。红豆,又名相思子,颜色鲜红,果实晶莹如珊瑚,可以镶嵌作装饰物,人们常用它来表示爱情,寄托相思。古人说相思不一定指男女之间的思念,知心朋友之间的思念也称为相思。所以,红豆是人们用来象征友谊与爱情的。

"红豆生南国,春来发几枝?"《全唐诗》与《万首唐人绝句》中写的是"秋来发几枝",未知何意。"春来发几枝"是一个问句,问"相思子"春来发了几枝,言外之意是说友人此时是否思念我呢?这相思子春来发的枝数越多则表示对诗人的思念越重。诗人不直说自己对友人的思念,却直接询问友人那里的相思子发几枝,对我的思念有多少,这种笔法,这种关心对方对自己的思念的写法,正起到反衬的作用,尤其显出诗人对友人的思念。这从朋友来讲,是一种忠诚;对诗人来讲,是一种笔法。这种笔法就叫作曲笔。"愿君多采撷,此物最相思。"撷(xié),摘的意思。采撷就是采摘。这一句在《万首唐人绝句》中作"愿君休采撷"(《全唐诗》也有这样一个小注),两种说法相反,意思却相同。因为这种可爱的小东西最懂得相思之情,所以你不要采撷它,让它留在枝头,保持它相思的灵性吧!这是"愿君休采撷"的意思。"愿君多采撷"的意思则是:"因为这种可爱的小东西最懂得相思之情,所以你要多多地采撷,放在枕边,带在身上,收好藏好,作为你我相思的纪念物吧!"可见两种说法的意思是一样的。但是,相比之下,用"多"字还是比用"休"字好。因为"多"字显得更富有深情,更富于表达这种热情的奔放,更具有火一样的热情。这首诗的高明之处在于它抓住了一个极好的咏物题材,也就是说抓住了很好的堪咏的物,即相思红豆。这种物,在人们的意念中本来就意味着相思,不必现去联想,诗意自然寓于所咏的物中。这样说也许今日的青少年朋友们没有直接的感受。比如今天的诗人作诗咏鸽,具有热爱和平的意思,因为鸽子象征和平已经成为全人类的共识,这就是"其诗意自然寓于所咏之物中"的意思,不必读者现去联想。

料得相思两地同

九月九日忆山东兄弟

王 维

独在异乡为异客,每逢佳节倍思亲。

遥知兄弟登高处,遍插茱萸少一人。

诗中所说茱萸(zhū yú)是一种植物。此物香气辛烈,可以入药。古代习俗农历九月初九重阳节这一天,佩带茱萸可以驱邪避恶。《西京杂记》记载:"九月九日,佩茱萸,食蓬耳,饮菊花酒,令人长寿。"令人长寿,就是驱邪去病的意思。《西京杂记》是汉代人刘歆所撰,后人们考证认为是晋代人葛洪之作。总之,唐代人肯定有这种习俗(其实,王维此诗就证明这种习俗的存在)。那么,这首七言绝句写的是:独居他乡作为异乡之客者,每逢佳节之日便倍加思念亲人。遥想兄弟们今日登高远望,遍插茱萸时犹能感到少我一人。

这诗也是明白如话的。这诗好在何处?何以一千年来人们传诵不绝?它的魅力究竟在哪里?

前几章说到,诗人的才华就在于他能说出别人心里有而口中说不出来的微妙感情。这种身在异乡,思念亲人的感受,凡是远离家乡,独身在外的人,可以说人人都有。但是,一种感情直接说出往往就不是诗,也就没有诗味。比如说:"我思念'我'的家乡啊! 我思念我的亲人! '我'思念的心情没法表达,这思念时时萦绕我的心!"这样的诗虽然不是没有,但无论如何这样直接写出来的就没有诗味。什么叫诗味?读书如同饮酒、品茶,绝不是喝白水。这其中就有一个有味与无味的区别。你只有像饮酒饮茶那样去品味,才能感受到其中的诗味。那么,王维的这一首诗如何才能"品"出"味"来呢?原来,这"每逢佳节倍思亲",就是人人心里感受过,人人口里说不出的一种体验。远离家乡,远离亲人的人们,平时忙忙碌碌,往往思乡之情虽然心里常有,却一般感受得不是那么强烈。只是到了逢年过节之际,美酒佳肴一摆上了,应时的果品,比如元宵、粽子、月饼之类的东西,与葡萄酒(此物唐代时极为珍贵)一并摆在餐桌上,或者如诗中所说,佩带上茱萸登高遥望之际,这时才感到思念亲人的心情尤为强烈。这就是"每逢佳节倍思亲"的引得人们"共鸣"的鉴赏价值。但是,这只是此诗中显而易见的意蕴,它还有更复杂的美学创作方面的深奥意蕴。前文说过,直接说出思念家乡之情不是诗,人人都能说出,还是诗吗?本诗作者不是直接说"我"思念家乡的亲人,而是写家乡的亲人如何思念"我"。这就是含蓄,这就是曲笔,这就是匠心,这就是艺术。作者写的是，"我"在遥远的地方就能想象而知，"我"的远在山东（华山以东）的兄弟们，今日必将是每人佩带一束茱萸登高作赋，以求驱灾避邪，以求吉利。而且他们一定多带一束茱萸，"遍插茱萸"之际，他们必会发现少了一个"我"，这就是落拓长安"独在异乡为异客"的"我"。那么，他们知道吗？远在天涯海角的"我"，也正在思念他们啊！这种牵肠挂肚的相思之情就是此诗的意蕴，奇特的是作者采用了独异不群的笔法。

渭城杯酒送君行

送元二使安西

王　维

渭城朝雨浥轻尘，客舍青青柳色新。

劝君更尽一杯酒，西出阳关无故人。

这是一篇极为著名的送别诗。我们中华民族传统上是非常注重友谊的。古人的离别与我们今日大不相同，因为交通不便利，千里之行需要半月二十天的。诗中的元二就是到安西去出使的，安西在今天的新疆库车一带。从西安到新疆恐怕要走上百八十天，而且道路阻塞、崇山峻岭，又多豺狼虎豹，实在是极不容易的。一别就不知何日才能再见，所以，古代送别诗成为一种专门的诗类。

渭城就是古城咸阳，在渭水岸边，所以叫渭城。朝雨就是早晨的雨。浥是润湿的意思。轻尘就是轻而细的灰尘。阳关在河西走廊的尽头，与玉门关不远。"渭城朝雨浥轻尘"一句，写出了清新、肃穆的景物。清晨的雨只能润湿又轻又细的灰尘，可见这雨是何等的细微，恐怕比牛毛细雨还要小。如果道路泥泞，倾盆大雨，作者笔下就决不是这样的情调了。这一句与下一句照应起来，更增加景物的清新与肃穆。细雨过后，柳色一新，旅馆前后尽是柳树（如果只有几株柳树，那么，远远看去绝不能形成"柳色"），于是形成一片青青的颜色，使人心境也为之一新。清晨，诗人为老友元二送行，古人叫饯行酒。举起杯来，如同口语那样自然而亲切："嗨，老朋友，再干尽这一杯酒吧！待到你出了阳关，再也没有朋友为你接风洗尘了……"这两句可以说是千古名句，后人唱歌拟曲有《阳关三叠》，取的就是这个意思。这两句诗告诉我们：好的诗句并不是刻意雕琢出来的，并不是费尽心机堆砌一些花里胡哨的辞藻而拼凑起来的；好的诗句就是内心真实感受的自然而然地流露。所以，作诗，心中没有感触的时候不要去作，只有到了心中感触强烈，不把这种感受吐出来心中感到苦闷，到这时才有好诗。当然，同样道理，做文章也是这样。青少年朋友们从刚刚开始做文章起，就应该养成这样的好习惯与好文风。

大漠孤烟落日圆

使至塞上

王　维

单车欲问边，属国过居延。

征蓬出汉塞，归雁入胡天。

大漠孤烟直，长河落日圆。

萧关逢候骑，都护在燕然。

开元二十五年（737）河西节度副大使崔希逸战胜吐蕃，唐玄宗命王维以监察御史的身份出塞宣慰，察访军情。这实际是将王维排挤出朝廷。这首诗作于赴边途中。

"单车欲问边"，轻车前往，向哪里去呢？"属国过居延"，居延在今甘肃张掖县西北，远在西北边塞。

"征蓬出汉塞，归雁入胡天"，诗人以"蓬"、"雁"自比，说自己像随风而去的蓬草一样出临"汉塞"，像振翅北飞的"归雁"一样进入"胡天"。古诗中多用飞蓬比喻漂流在外的游子，这里却是比喻一个负有朝廷使命的大臣，正是暗写诗人内心的激愤和抑郁。与首句的"单车"相呼应。万里

行程只用了十个字轻轻带过。

　　然后抓住沙漠中的典型景物进行刻画："大漠孤烟直,长河落日圆"。最后两句写到达边塞："萧关逢候骑,都护在燕然"。到了边塞,却没有遇到将官,侦察兵告诉使臣,首将正在燕然前线。

　　诗人把笔墨重点用在了他最擅长的方面——写景。作者出使,恰在春天。途中见数行归雁北翔,诗人即景设喻,用归雁自比,既叙事,又写景,一笔两到,贴切自然。尤其是"大漠孤烟直,长河落日圆"一联,写进入边塞后所看到的塞外奇特壮丽的风光,画面开阔,意境雄浑,近人王国维称之为"千古壮观"的名句。边疆沙漠,浩瀚无边,所以用了"大漠"的"大"字。边塞荒凉,没有什么奇观异景,烽火台燃起的那一股浓烟就显得格外醒目,因此称作"孤烟"。一个"孤"字写出了景物的单调,紧接一个"直"字,却又表现了它的劲拔、坚毅之美。沙漠上没有山峦林木,那横贯其间的黄河,就非用一个"长"字不能表达诗人的感觉。落日,本来容易给人以感伤的印象,这里用一"圆"字,却给人以亲切温暖而又苍茫的感觉。一个"圆"字,一个"直"字,不仅准确地描绘了沙漠的景象,而且表现了作者的深切的感受。诗人把自己的孤寂情绪巧妙地融化在广阔的自然景象的描绘中。《红楼梦》第四十八回里说："'大漠孤烟直,长河落日圆'。想来烟如何直? 日自然是圆的。这'直'字似无理,'圆'字似太俗。合上书一想,倒像是见了这景的。要说再找两个字换这两个,竟再找不出两个字来。"这就是"诗的好处,有口里说不出来的意思,想去却是逼真的;又似乎无理的,想去竟是有理有情的"。这段话可算道出了这两句诗高超的艺术境界。

山中送别会无期

送 别

王 维

山中相送罢,日暮掩柴扉。

春草明年绿,王孙归不归。

【注解】

又题:《山中送别》

1.柴扉:柴门。

2.王孙:贵族的子孙,这里指送别的友人。

【韵译】

在山中送走了你以后,

夕阳西坠我关闭柴扉。

春草明年再绿的时候,

游子啊你能不能回归?

【评析】

这首送别诗,不写离亭饯别的依依不舍,却更进一层写冀望别后重聚。这是超出一般送别诗的所在。开头隐去送别情景,以"送罢"落笔,继而写别后回家寂寞之情更浓更稠,为望其再来的题意作了铺垫,于是想到春草再绿自有定期,离人回归却难一定。惜别之情,自在话外。意中有意,味外有味,真是匠心别运,高人一等。

这首《山中送别》诗,不写离亭饯别的情景,而是匠心别运,选取了与一般送别诗全然不同的下笔着墨之点。

诗的首句"山中相送罢",在一开头就告诉读者相送已罢,把送行时的话别场面、惜别情怀,用一个看似毫无感情色彩的"罢"字一笔带过。这里,从相送到送罢,跳越了一段时间。而次句从白昼送走行人一下子写到"日暮掩柴扉",则又跳越了一段更长的时间。在这段时间内,送行者的所感所想是什么呢?诗人在把生活剪接入诗篇时,剪去了这一切,都当作暗场处理了。

对离别有体验的人都知道,行人将去的片刻固然令人黯然魂销,但一种寂寞之感、怅惘之情往往在别后当天的日暮时会变得更浓重、更稠密。在这离愁别恨最难排遣的时刻,要写的东西也定必是千头万绪的。可是,诗只写了一个"掩柴扉"的举动。这是山居的人每天到日暮时都要做的极其平常的事情,看似与白昼送别并无关联。而诗人却把这本来互不关联的两件事连在了一起,使这本来天天重复的行动显示出与往日不同的意味,从而寓别情于行间,见离愁于字里。读者自会从其中看到诗中人的寂寞神态、怅惘心情;同时也会想:继日暮而来的是黑夜,在柴门关闭后又将何以打发这漫漫长夜呢?这句外留下的空白,更是使人低回想象于无穷的。

诗的三四两句"春草明年绿,王孙归不归",从《楚辞·招隐士》中的"王孙游兮不归,春草生兮萋萋"这两句化来。但是因游子久去而叹其不归,这两句诗则在与行人分手的当天就惟恐其久去不归。唐汝询在《唐诗解》中概括这首诗的内容为:"扉掩于暮,居人之离思方深;草绿有时,行人之归期难必。"而"归期难必",正是"离思方深"的一个原因。"归不归",作为一句问话,照说应当在相别之际向行人提出,这里却让它在行人已去、日暮掩扉之时才浮上居人的心头,成了一个并没有问出口的悬念。这样,所写的就不是一句送别时照例要讲的话,而是"相送罢"后内心深情的流露,说明诗中人一直到日暮还为离思所笼罩,虽然刚刚分手,已盼其早日归来,又怕其久不归来了。前面说,从相送到送罢,从"相送罢"到"掩柴扉",中间跳越了两段时间;这里,在送别当天的日暮时就想到来年的春草绿,而问那时归不归,这又是从当前跳到未来,跳越的时间就更长了。

王维善于从生活中拾取看似平凡的素材,运用朴素、自然的语言,来显示深厚、真挚的感情,往往味外有味,令人神远。这首山中送别诗就是这样。

日影斜移山中景

鹿 柴

王 维

空山不见人,但闻人语响。

返景入深林,复照青苔上。

【注释】

1.鹿柴(zhài):以木栅为栏,谓之柴,鹿柴乃鹿居住的地方。

2.返景:指日落时分,阳光反射到东方的景象。

【韵译】

山中空空荡荡不见人影,

只听得喧哗的人语声响。

夕阳的金光射入深林中,

青苔上映着昏黄的微光。

【评析】

这是写景诗。诗的绝妙处在于以动衬静,以局部衬全局,清新自然,毫不做作。落笔先写"空山"寂绝人迹,接着以"但闻"一转,引出"人语响"来。空谷传音,愈见其空;人语过后,愈添空寂。最后又写几点夕阳余晖的映照,愈加触发人幽暗的感觉。

这是王维后期的山水诗代表作——五绝组诗《辋川集》二十首中的第四首。鹿柴,是辋川的地名。

诗里描绘的是鹿柴附近的空山深林的傍晚时分的幽静景色。第一句"空山不见人",先正面描写空山的杳无人迹。王维似乎特别喜欢用"空山"这个词语,但在不同的诗里,它所表现的境界却有区别。"空山新雨后,天气晚来秋"(《山居秋暝》),侧重于表现雨后秋山的空明洁净;"人闲桂花落,夜静春山空"(《鸟鸣涧》),侧重于表现夜间春山的宁静幽美;而"空山不见人",则侧重于表现山的空寂清冷。由于杳无人迹,这并不真空的山在诗人的感觉中竟显得空廓虚无,宛如太古之境了。"不见人",把"空山"的意蕴具体化了。

如果只读第一句,也许会觉得它比较平常,但在"空山不见人"之后紧接"但闻人语响",却境界顿出。"但闻"二字颇可玩味。通常情况下,寂静的空山尽管"不见人",却非一片静默死寂。啾啾鸟语,唧唧虫鸣,瑟瑟风声,潺潺水响,相互交织,大自然的声音其实是非常丰富多彩的。然而,现在这一切都杳无声息,只是偶尔传来一阵人语声,却看不到人影(由于山深林密)。这"人语响",似乎是破"寂"的,实际上是以局部的、暂时的"响"反衬出全局的、长久的空寂。空谷传音,愈见空谷之空;空山人语,愈见空山之寂。人语响过,空山复归于万籁俱寂的境界;而且由于刚才那一阵人语响,这时的空寂感就更加突出。

三四句由上幅的描写空山传语进而描写深林返照,由声而色。深林,本来就幽暗,林间树下的青苔,更突出了深林的不见阳光。寂静与幽暗,虽分别诉之于听觉与视觉,但它们在人们总的印象中,却常属于一类,因此幽与静往往连类而及。按照常情,写深林的幽暗,应该着力描绘它不见阳光,这两句却特意写返景射入深林,照映的青苔上。猛然一看,会觉得这一抹斜晖,给幽暗的深林带来一线光亮,给林间青苔带来一丝暖意,或者说给整个深林带来一点生意。但细加体味,就会感到,无论就作者的主观意图或作品的客观效果来看,都恰与此相反。一味地幽暗有时反倒使人不觉其幽暗,而当一抹余晖射入幽暗的深林,斑斑驳驳的树影照映在树下的青苔上时,那一小片光影和大片的无边的幽暗所构成的强烈对比,反而使深林的幽暗更加突出。特别是这"返景",不仅微弱,而且短暂,一抹余晖转瞬逝去之后,接踵而来的便是漫长的幽暗。如果说,前两句是以有声反衬空寂;那么三四句便是以光亮反衬幽暗。整首诗就像是在绝大部分用冷色的画面上掺进了一点暖色,结果反而使冷色给人的印象更加突出。

静美和壮美,是大自然的千姿百态的美的两种类型,其间本无轩轾之分。但静而近于空无,幽而略带冷寂,则多少表现了作者美学趣味中不健康的一面。同样写到"空山",同样侧重于表现静美,《山居秋暝》色调明朗,在幽静的基调上浮动着安恬的气息,蕴涵着活泼的生机;《鸟鸣涧》虽极写春山的静谧,但整个意境并不幽冷空寂,素月的清辉、桂花的芬芳、山鸟的啼鸣,都带有春的气息和夜的安恬;而《鹿柴》则不免带有幽冷空寂的色彩,尽管还不至于幽深枯寂。

王维是诗人、画家兼音乐家。这首诗正体现出诗、画、乐的结合。无声的静寂、无光的幽暗,一般人都易于觉察;但有声的静寂,有光的幽暗,则较少为人所注意。诗人正是以他特有的画家、音乐家对色彩、声音的敏感,才把握住了空山人语响和深林入返照的一刹那间所显示的特有的幽静境界。而这种敏感,又和他对大自然的细致观察分不开。

幽静竹林月色明

山居秋暝

王　维

空山新雨后,天气晚来秋。

明月松间照,清泉石上流。

竹喧归浣女,莲动下渔舟。

随意春芳歇,王孙自可留。

【注释】

1.暝:夜色。

2.浣女:洗衣服的女子。

3.春芳:春草。

4.歇:干枯。

【韵译】

一场新雨过后,青山特别清朗,

秋天的傍晚,天气格外的凉爽。

明月透过松林撒落斑驳的静影,

清泉轻轻地在大石上叮咚流淌。

竹林传出归家洗衣女的谈笑声,

莲篷移动了,渔舟正下水撒网。

任凭春天的芳菲随时令消逝吧,

游子在秋色中,自可流连徜徉。

【评析】

这是一首写山水的名诗,于诗情画意中寄托诗人的高洁情怀和对理想的追求。

首联写山居秋日薄暮之景,山雨初霁,幽静闲适,清新宜人。颔联写皓月当空,青松如盖,山泉清冽,流于石上,清幽明净的自然美景。颈联写听到竹林喧声,看到莲叶分披,发现了浣女、渔舟。末联写此景美好,是洁身自好的所在。

全诗通过对山水的描绘寄慨言志,含蕴丰富,耐人寻味。"明月松间照,清泉石上流"实乃千古佳句。

【简析】

这首诗将山中的黄昏描绘得令人迷恋。王孙指诗人自己,是反用了《楚辞·招隐士》"王孙兮归来,山中兮不可久留"的诗意,说山居的景色特别留人。

这首山水名篇,于诗情画意之中寄托着诗人高洁的情怀和对理想境界的追求。

"空山新雨后,天气晚来秋。"诗中明明写有浣女渔舟,诗人怎下笔说是"空山"呢?原来山中树木繁茂,掩盖了人们活动的痕迹,正所谓"空山不见人,但闻人语响"(《鹿柴》)啊!又由于这里人迹罕至,"峡里谁知有人事,世中遥望空云山"(《桃源行》),一般人自然不知山中有人了。"空山"二字点出此处有如世外桃源。山雨初霁,万物为之一新,又是初秋的傍晚,空气之清新,景色之美妙,可以想见。

"明月松间照,清泉石上流。"天色已暝,却有皓月当空;群芳已谢,却有青松如盖。山泉清冽,淙淙流泻于山石之上,有如一条洁白无瑕的素练,在月光下闪闪发光,多么幽清明净的自然美啊!王维的《济上四贤咏》曾经称赞两位贤隐士的高尚情操,谓其"息阴无恶木,饮水必清源"。诗人自己也是这种心志高洁的人,他曾说:"宁栖野树林,宁饮涧水流,不用坐梁肉,崎岖见王侯。"(《献始兴公》)这月下青松和石上清泉,不正是他所追求的理想境界吗？这两句写景如画，随意挥洒，毫不着力。像这样又动人又自然的写景，达到了艺术上炉火纯青的地步，非一般人所能学到。

"竹喧归浣女，莲动下渔舟。"竹林里传来了一阵阵的歌声笑语，那是一些天真无邪的姑娘们洗罢衣服笑逐着归来了，亭亭玉立的荷叶纷纷向两旁披分，掀翻了无数珍珠般晶莹的水珠，那是顺流而下的渔舟划破了荷塘月色的宁静。在这青松明月之下，在这翠竹青莲之中，生活着这样一群无忧无虑、勤劳善良的人们。这纯洁美好的生活图景，反映了诗人过安静淳朴生活的理想，同时也从反面衬托出他对污浊官场的厌恶。这两句写得很有技巧，而用笔不露痕迹，使人不觉其巧。诗人先写"竹喧"、"莲动"，因为浣女隐在竹林之中，渔舟被莲叶遮蔽，起初未见，等到听到竹林喧声，看到莲叶纷披，才发现浣女、莲舟。这样写更富有真情实感，更富有诗意。

诗的中间两联同是写景，而各有侧重。颔联侧重写物，以物芳而明志洁；颈联侧重写人，以人和而望政通。同时，二者又互为补充，泉水、青松、翠竹、青莲，可以说都是诗人高尚情操的写照，都是诗人理想境界的环境烘托。

既然诗人是那样的高洁，而他在那貌似"空山"之中又找到了一个称心的世外桃源，所以就情不自禁地说："随意春芳歇，王孙自可留！"本来，《楚辞·招隐士》说："王孙兮归来，山中兮不可久留！"诗人的体会恰好相反，他觉得"山中"比"朝中"好，洁净淳朴，可以远离官场而洁身自好，所以就决然归隐了。

这首诗一个重要的艺术手法，是以自然美来表现诗人的人格美和一种理想中的社会之美。表面看来，这首诗只是用"赋"的方法模山范水，对景物作细致感人的刻画，实际上通篇都是比兴。

塞外游猎任驰骋

观 猎

王 维

风劲角弓鸣,将军猎渭城。

草枯鹰眼疾,雪尽马蹄轻。

忽过新丰市,还归细柳营。

回看射雕处,千里暮云平。

诗题一作《猎骑》。从诗篇遒劲有力的风格看,当是王维前期作品。诗的内容不过是一次普通的狩猎活动,却写得激情洋溢,豪兴遄飞。至于其艺术手法,几令清人沈德潜叹为观止:"章法、句法、字法俱臻绝顶。盛唐诗中亦不多见。"(《唐诗别裁》)

诗开篇就是"风劲角弓鸣",未及写人,先全力写其影响:风呼,弦鸣。风声与角弓(用角装饰的硬弓)声彼此相应:风之劲由弦的震响听出;弦鸣声则因风而益振。"角弓鸣"三字已带出"猎"意,能使人去想象那"马作的卢飞快,弓如霹雳弦惊"的射猎场面。劲风中射猎,该具备何等手眼!这又唤起读者对猎手的悬念。待声势俱足,才推出射猎主角来:"将军猎渭城"。将军的出现,恰合读者的期待。这发端的一笔,胜人处全在突兀,能先声夺人,"如高山坠石,不知其来,令人惊绝"(方东树)。两句"若倒转便是凡笔"(沈德潜)。

渭城为秦时咸阳故城,在长安西北,渭水北岸,其时平原草枯,积雪已消,冬末的萧条中略带一丝春意。"草枯""雪尽"四字如素描一般简洁、形象,颇具画意。"鹰眼"因"草枯"而特别锐利,"马蹄"因"雪尽"而绝无滞碍,颔联体物极为精细。三句不言鹰眼"锐"而言眼"疾",意味猎物很快被发现,紧接以"马蹄轻"三字则见猎骑迅速追踪而至。"疾""轻"下字俱妙。两句使人联想到鲍照写猎名句：“兽肥春草短，飞鞚越平陆。”但这里发现猎物进而追击的意思是明写在纸上的，而王维却将同一层意思隐然句下，使人寻想，便觉诗味隽永。三四句初读似各表一意，对仗铢两悉称；细绎方觉意脉相承，实属“流水对”。如此精妙的对句，实不多见。

以上写出猎，只就“角弓鸣”、“鹰眼疾”、“马蹄轻”三个细节点染，不写猎获的场面。一则由于猎获之意见于言外；二则射猎之乐趣，远非实际功利所可计量，只就猎骑英姿与影响写来自佳。

颈联紧接“马蹄轻”而来，意思却转折到罢猎还归。虽转折而与上文意脉不断，自然流走。“新丰市”故址在今陕西临潼县，“细柳营”在今陕西长安县，两地相隔七十余里。此两地名俱见《汉书》，诗人兴会所至，一时汇集，典雅有味，原不必指实。言“忽过”，言“还归”，则见返营驰骋之疾速，真有瞬息“千里”之感。“细柳营”本是汉代周亚夫屯军之地，用来就多一重意味，似谓诗中狩猎的主人公亦具名将之风度，与其前面射猎时意气风发、飒爽英姿,形象正相吻合。这两句连上两句,既生动描写了猎骑情景,又真切表现了主人公的轻快感觉和喜悦心情。

写到猎归,诗意本尽。尾联却更以写景作结,但它所写非营地景色,而是遥遥"回看"向来行猎处之远景,已是"千里暮云平"。此景遥接篇首。首尾不但彼此呼应,而且适成对照:当初是风起云涌,与出猎紧张气氛相应;此时是风定云平,与猎归后踌躇融与的心境相称。写景俱是表情,于景的变化中见情的消长,堪称妙笔。七句语有出典,《北史·斛律光传》载北齐斛律光狩猎时,于云表见一大鸟,射中其颈,形如车轮,旋转而下,乃是一雕,因被人称为"射雕手"。此言"射雕处",有暗示将军的膂力强、箭法高之意。诗的这一结尾摇曳生姿,饶有余味。

综观全诗,半写出猎,半写猎归,起得突兀,结得意远,中两联一气流走,承转自如,有格律束缚不住的气势,又能首尾回环映带,体合五律,这是章法之妙。诗中藏三地名而使人不觉,用典浑化无迹,写景俱能传情,至如三四句既穷极物理又意见于言外,这是句法之妙。"枯"、"尽"、"疾"、"轻"、"忽过"、"还归",遣词用字准确锤炼,咸能照应,这是字法之妙。所有这些手法,又都能表达诗中人生气远出的意态与豪情。所以,此诗完全当得起盛唐佳作的称誉。

三千白发系愁肠

秋浦歌(其十五)

李 白

白发三千丈,缘愁似个长。
不知明镜里,何处得秋霜。

秋浦歌(其十四)

炉火照天地,红星乱紫烟。
赧郎明月夜,歌曲动寒川。

天宝十三（公元 754）年，李白游秋浦（今安徽贵池县西南八十里），并留滞三年，写了著名的《秋浦歌》十七首。这里选的是其十五首与十四首，是其中流传较为广泛的两首，而且艺术表现手法也颇为别致。

　　"白发三千丈"，实在是出语奇绝，一着眼便使读者感觉莫名其妙。谁的白发竟然有三千丈长呢？下面诗人马上回答，"缘愁似个长"是说为什么可以积得这么长的头发呢？是因为（缘）"我"心中的愁绪如同白发这般（似个）的长啊！这样，似乎是夸张说法的"白发三千丈"一下子变成合情合理的事情了。愁绪使头发变白，又因为愁绪这样多，于是白发才这样长。而这三千丈的白发是何时生出来的呢？却连诗人自己也不知道，不知不觉地就在镜子里发现了如同秋霜一样的白发。这样写，就更显得愁绪的浓重了。这愁绪浓重到什么程度呢？浓重到连头发变白变长都没有心思去顾及的程度。

　　中国传统诗词描写愁绪可以说是一种传统，尤其是在唐诗、宋词之中，出现许多描写愁绪的名句。一般描写愁绪都是用修辞学上的比喻手法，有的将愁比作山，有的将愁比作水，有的将愁比作云，有的将愁比作雨，还有的比作明月，比作柳絮，比作衰草，李白这首诗笔法上是较为奇特的，它抓住了白发与愁绪的关系，写出奇特的意境，如同伍子胥过昭关——一夜愁白了头，艺术效果显著。

　　第二首写的是秋浦的矿工夜深人静时的劳动场面。安徽省贵池县唐代时期称池州，产硫铁、铜、银等金属。"炉火照天地，红星乱紫烟。"炉火指炼铁炉中的火。在一片漆黑的深夜里，炉火的光把天地照得通红。红星是风箱吹火迸发出来的，红星吹得四处乱迸，使得"紫烟"乱成一片。这个句子是非常形象的。从颜色学来看，紫色本来是红色与蓝色的一种混合颜色。夜里的天空是深蓝色的，炉火是通红的颜色，又是红光闪闪的，炉中喷出的烟与红星乱作一团，又呈紫色，所以说"红星乱紫烟"。这是写冶铁炉旁的夜景。"赧郎明月夜，歌曲动寒川。"赧（nǎn）字的意思是因为羞愧而脸红，有腼腆的意思。这里的赧郎并不是"羞愧得脸红的小伙子"的意思,而是"被烟火熏得满脸通红的、憨厚的小伙子"。"明月夜"是指(他)使月夜更加"明",这个"明"字是使动用法,也叫使动词。关于"歌曲动寒川",是说歌曲的声音震动了寒冷的川原。"川"是川原,旷野的意思。有的唐诗版本说:"歌声果真把寒川激荡了吗?当然不会……"其实,这句话的意思不在这里,不在于歌声能不能把寒川"激荡"起来。这句诗的意思在于写"寒川"的"静",即没有一点点声音。在极其寂静的旷野里,这个红脸的小伙子放声高歌一曲,说这歌声"动"了"寒川"也就未尝不可了。总之,前三句是写形,后一句是写声;前三句写视觉的感受,后一句写听觉的感受。这正是此诗的精彩独到之处,有声有色。

郭沫若曾判定,这是中国传统诗词中第一个描写工人阶级的诗。这也是一种独到的评价。

俯仰之间百感生

静夜思

李 白

床前明月光,疑是地上霜。

举头望明月,低头思故乡。

首句"床前明月光"一句,一般解释成卧床前照着一片从窗子射进来的明月之光。如果这样解释,那么下一句不易说通。"疑是地上霜"的意思是怀疑这(月光)是地上凝成的霜。那么,霜还能凝结在屋子里吗?屋子里再冷也是结冰,而不是结霜。即便结霜也是结在墙上而不是结在地上。这个"床"字,古代与"牀"字通用。这个"牀"字在古代还有两个意思,一个是坐具,一个是围栏。《礼记·内则》:"……长者奉席请何趾,少者执牀与坐。"就是拿来椅子给人(客)坐。陈澔解释说"'牀'《说文》云:'安身之几坐。'非今之卧床也。"是说这"牀"是供"安身"的矮坐具,不是今日睡觉的"牀"。唐人李贺《后园凿井歌》曰:"井上辘轳牀上转,水声繁弦声浅……"这是辘轳在井上的围栏上转,水的声音很大,弦(绳)的声音很小。这样"床前明月光"又有两种解释,一是"椅子前的月光",一是"花园围栏前的月光"。这两个哪个更贴切呢?恐怕还是后一个。

　　此诗的前两句实际上是一幅画,这幅画非常简单,就是涂抹了一片银白色(这是写意画,不是工笔画),当然画面中还有围栏,再加上一个人,这就是诗中的抒情主人公,诗人自己。后两句是两个简单的动作,举头而望明月,低头而思故乡。这诗多么简单,多么质朴,多么自然。"低头思故乡",仅仅是思的起点,而决不是终点。"思故乡",很简单,回去就是了,那么,诗人为什么隐忍着思乡之情而不肯回去呢?无非是要求取功名,施展抱负。朝廷内外,"引车卖浆"之流都可以得到高官显爵,而诗人却只能作几首小诗,他那"经邦济世"的远大抱负一筹莫展。为什么形成这样的局面呢?是朝廷腐败所致,唐玄宗找李白入宫,只是让他作诗,让乐工李龟年谱曲歌唱,供享乐而已,此时李白不过是一个"弄臣"。诗人"低头思故乡"时要"思"到许多。这个"思"字,又紧扣标题的"静夜"二字。人在夜间,尤其是"静"夜,又有如此皎洁的月光,眼前景物朦胧模糊,看不清楚,也就不至于分神,再加上夜深无寐——这正是整理自己千丝万缕的思绪的好时候。那么,这诗与标题的相辅相成的艺术效果安排得何等巧妙啊!

借得诗仙万古名

赠汪伦

李　白

李白乘舟将欲行,忽闻岸上踏歌声。

桃花潭水深千尺,不及汪伦送我情。

李白这首小诗作于天宝十四(公元755)年,这正是安史之乱爆发的前一年。这时李白从广陵回来,经过秋浦(今安徽贵池)到泾县的桃花潭,临行之际,当地农民汪伦热情相送,李白作这首小诗回报他。

"李白乘舟将欲行",平白如话,质朴自然。"忽闻岸上踏歌声",这是写汪伦远远地招呼他。古人有"踏歌"的风俗,山峦水畔,互相交流不是喊,而是唱,故称山歌。此时的李白是站在船上,即将出发,可见他不知道汪伦要来送他。这个意思从"忽闻"可以看出,汪伦来相送,李白是不知道的,否则也不会有"忽"的感觉。那么,汪伦为什么原来并未打算来送行,却突然又来送行呢? 这势必是李白此番住在他家,他美酒佳肴相敬,朝夕相处,感情颇深。原本想"留君十日,终有一行",只好让李白走了,可是转念一想,李白一行,今生恐怕再也见不到了,于是才又追到岸边,踏歌呼住,再见上一面,以为诀别。李白原也以为"一走了之",忽见汪伦又来相送,难舍难分之感又激起了他的热情,随时就势,信手拈来,就写出下面自然流畅的句子:"桃花潭水深千尺,不及汪伦送我情。"这个句子我们如果翻译成白话:"汪伦送我的感情比这桃花潭的水还要深啊!"你感觉这两种说法的感受如何? 这是一个多么平淡的比喻句啊! 这是我们今天的小学生都能造出来的句子。那么,你再细细品味一下,这翻译出的一句话,与李白原诗的话,读起来有什么不同的感觉吗? 你一定会感到不同的,那么,你能把这种不同的感觉说出来吗? 这种不同大体体现在以下几点:a.一个是诗,一个是话,诗就带着韵律,带着美感。b.诗中有"千尺"二字,给人一种形象性感觉,具体而生动。c.这两句是对汪伦踏歌来送"我"的一种回对,如同唱山歌对歌一样,是回对之歌,前后呼应,给人一种"绕梁三日,尚有余音"的感觉。d.这是最重要的一点,这两句诗带着作者吟诗时候的灵感。

一般人研究诗,多从欣赏角度研究,很少有人从创作角度,从构思角度,从生活原始感受角度,从灵感生发角度去研究。这两种研究是截然不同的。青少年朋友们现在可能很少深入到这一领域,但是,你迟早要深入的。这里,我们不妨提一个问题,先供青少年朋友们思考着:你说这首诗从开始作诗到最后成诗大约用了多少时间?古人没有分秒的时间概念,假如用今天的分秒的概念来表述,我们告诉你,你可能不信。李白这首诗可能就在五六十秒钟内成诗的,你相信吗?这里说"可能",其实也不妨说是"必定"。但是,不管你信不信,他就是在眨眼之间作出来的。如果你问,这么说有什么根据?那根据就是古今诗人创作实践的总结。诗是灵感的一种抒放,灵感来潮都是在刹那之间。李白这首诗的灵感从何而来?就来自他脚下踏着的桃花潭的千尺潭水。他一低头,见到"桃花潭水深千尺",一抬头,感到"汪伦送我情",思绪既成,加个"不及"二字,好诗成矣。

历史上称李白为"诗仙",称杜甫为"诗圣"。汪伦这位农夫,借得李白的高才也名垂千古,实在是极为幸运的事情。

唐诗三昧见幽心

黄鹤楼送孟浩然之广陵

李 白

故人西辞黄鹤楼,烟花三月下扬州。

孤帆远影碧空尽,唯见长江天际流。

诗中故人是老朋友的意思,这里指孟浩然。"之"是到。"之广陵"就是到广陵去。广陵"故城在今江苏江都县东北……唐复置扬州,改为广陵郡,又改曰扬州"。(《中国古今地名大辞典》)所以,标题说"孟浩然之广陵",诗中说"烟花三月下扬州",意思就统一了。"西辞"是"在西边辞别"黄鹤楼向东边去。"烟花三月"是指江上的烟气与岸上的花丛,"三月"点明季候。从西向东,沿长江顺流而下,故曰"下扬州"。"孤帆"指孟浩然所乘的船。"远影"指帆船的影。"碧空尽"指船在碧蓝的天空中消逝了。"天际"是天与水的交界之处。诗中的大概意思是:老朋友与我告别在黄鹤楼,烟花三月他要驶向扬州。眼前只有一点孤帆在碧空中消逝,唯见长江之水在天边里东流。

这首诗好在什么地方呢?诗人没有写老朋友之间执手言别时的难舍难分的话语,如果那样写必将拖泥带水,没完没了。只是前两句交代缘由,写明时间、地点,何去何从,然后,只是托出一个三笔两笔涂抹而成的画面。这个画面是:一片茫茫的江水,远处一点孤帆,当然岸上还有一个人在翘首遥望,这便是诗人自己。这"孤帆远影"与"翘首望者"之间,仿佛有千丝万缕的联系,这便是作者与远行友人的难割难舍的情谊。唐诗创作中,有一种笔法,是在最难说清心境的时候,最难抒发感情的时候,诗的情节、意境、感情到了最为难解难分的时候,作者既不去说事,也不去说理,又不去抒情,而是在结尾之处托出一片空荡荡的景物来,让读者面对这一片景物而回味前边诉说的人、事与情,这种笔法人们称之为"唐诗三昧",是借佛家"三昧"这一词语表述的。这种"唐诗三昧"的境界有如现代电影导演所使用的空镜头。影片到了难解难分之际,观众正在流泪,感情到了言语无用的时候,高明的导演此时安排一个只有景物的空镜头。这可以使观众在紧张的思维激荡之时缓一口气,品味一会儿,回味一下其中的滋味。此诗的末一句"唯见长江天际流"就有这样的审美效果。

雨霁风消出彩虹

早发白帝城

李 白

朝辞白帝彩云间,千里江陵一日还。

两岸猿声啼不住,轻舟已过万重山。

这是一篇脍炙人口、妇孺皆知的千秋佳作。李白于唐肃宗乾元二年（公元759），因参与永王李璘的叛乱而被流放到夜郎。这一年李白已是59岁高龄。流放远方，年老体衰，只恐葬身偏远地域。但是，李白在往赴夜郎途中，在白帝城忽然遇到大赦，转而还乡，顺势就是长江水流乘舟而下，写了这首著名的小诗。这里必须注意，有四个极为重要的因素形成这首诗的艺术魅力：a.时间是在春天，万物萌发之时，大自然生机勃发之际。b.地点是从白帝城到江陵。《水经注》云："有时朝发白帝，暮到江陵，其间千二百里，虽乘奔（马）御风不以疾也。"（即便乘着奔马、驾着天风，也不如这三峡的水流得快。）c.三峡之地势、景物，并有猿声长啸。d.李白此时兴奋的心情。注意，这种极度兴奋的心情是从极其郁闷无望的心情中刚刚转化过来的。如同白帝城与江陵，地势落差很大，才有急流如飞，李白的悲伤与兴奋，也形成一个感情的"落差"，这才使他的灵感骤然勃发出来。以上所说四个条件是形成这首好诗的基础。当然，还有一个更重要的条件，就是它的作者是李白，换另外任何一个人也写不出这样的好诗。但是，李白一生这样的好诗也不多，如同此诗的灵性勃发之作，李白也许只有这一首。那就是说，即便是李白写，也得有上述四个条件。这四个条件缺一不可。看来，一首好诗的诞生，也很需要天时地利一类的各种契机。

　　这首诗意境辽阔，灵性飞动，是千古诗坛难得的佳作。"朝辞白帝彩云间"，"朝辞"，看出时间之早，此时人的精神旺盛。"白帝"，地势颇高，人站在高处精神自然勃发。"彩云间"，云受太阳照射方能成为彩云，你不觉得此时作者心魂中也有一轮朝日，照得他的心境彩云四布吗？此时作者那包容宇宙的强大的感情已经注入到眼前那高山红日的景物之中，景物中也饱含着感情。"千里江陵一日还"，这是三峡航运的实况，这是由于水势湍急的缘故。但是这时你必须还得想到另外一个决定性因素：

归心似箭。作者一心一意要"还"的急切心情，注入到一日千里的长江湍流之中，才有这样的佳句。"两岸猿声啼不住，轻舟已过万重山。"这句子表面看是写猿之鸣啸，舟之飞速，其实这也是李白人格与心境的流露。李白向来是轻视权贵，藐视王侯的。这两句诗正是李白脱俗逸群、桀骜不驯的人格的写照。他的一生也正是在"两岸猿声啼不住"的杂乱环境中度过的，而他的伟大诗作也正是"轻舟已过万重山"般不滞于物而欣然取得的。李白评论屈原时说："屈平词赋悬日月，楚王台榭空山丘。"屈原的诗作像日月一样悬在高天之上，楚王的台榭却变成了空荡荡的山丘。这是怎样的鲜明对比呀！李白的诗，在后人看来也是如日月一般悬在天上，而唐玄宗、李林甫、杨国忠、高力士一般人又算得了什么呢？李白作完这首诗不久（三年）就死了。这首诗的后两句正是他光辉一生的写照：一生压制他的皇帝妃子，王侯将相，都如一群猿们一声声鸣啸，在那里争名夺利，钩心斗角，只有李白的一生，如轻舟一样飞越过万座青山，创造出灿烂的成果。

苏联作家巴乌斯托夫斯基认为，灵感的积累如同浓云密集，灵感的勃发如同暴风骤雨。其实，这比喻有失当之处，灵感的积累既是浓云密布又是暴风骤雨，灵感的生发恰似雨雾风消而产生于横空的七色彩虹，"轻舟已过万重山"就是这样的彩虹。

真率诗心启口吟

山中与幽人对酌

李 白

两人对酌山花开，一杯一杯复一杯。

我醉欲眠卿且去，明朝有意抱琴来。

幽人指幽居无事之人，一般指隐士。卿是你，指幽人。"我醉欲眠卿且去"是一个典故。《宋书·隐逸传》写陶渊明酒后情态："潜若先醉，便语客：'我醉欲眠，卿可去。'其真率如此。"陶渊明如果饮酒先醉，就对客人说："我醉了，你走吧!"其真诚坦率竟然达到了这样的程度。

这首诗的特点，尤其是前两句，是如同说话一样，自然流利，毫无矫饰，顺畅自如。而且前两句并无平仄格式限定，这是《乐府》当中的歌行体诗的作法，尤其显得轻松自在，了无斧凿痕迹。"两人对酌山花开，一杯一杯复一杯。"写出两人饮酒的快意，一是情投意合，饮得顺溜。二是酒量相当，都不费劲。而"山花开"点缀着这一对儿酒友；看见"山花开"，说明此时还没醉。"一杯一杯复一杯"，这不就是在说话吗？这哪里是在作诗呢？这样的诗才叫匠心独运，才叫炉火纯青，才是大家手笔。这种诗句看来很简单，作来可就难了，绝非"小家子气"所能作成的。第三句整个是套用陶渊明的话，只是取消了中间的停顿，把"可"字换成"且"字，这字换得极好。这个字一换就把口语改造成诗语了，需要你仔细体会。这句话无论是陶渊明说还是李白说，都显示出一种真率的性格。"我醉欲眠"，干脆，你先去吧！明天你有兴趣再把琴拿来，咱们再玩。这种性格何其真率直爽。这种直接把客人撵走的做法，可能在有"修养"的人看来是不可思议的，但是，看来李白与这位"幽人"都是通情达理之人，他们的友好相处就是这样真诚而直率。说不定以往"幽人"醉酒也撵过李白回家去呢！两个人情投意合，互无疑猜，这是怎样令人羡慕的友谊啊！

浮云落日寄诗心

送友人

李　白

青山横北郭，白水绕东城。

此地一为别，孤蓬万里征。

浮云游子意，落日故人情。

挥手自兹去，萧萧班马鸣。

这是一篇脍炙人口的送别之诗。

"青山横北郭，白水绕东城。"郭是外城。古人送行都送到城外，北边的城郭的门外，横着一脉青山，似乎阻隔着远行人的行途，预示着途路的艰险，也预示着送行人与远行人的隔绝。"白水绕着东城流去"，似乎预示着远行人曲折的前路与送行人委曲的离情。可见诗人写景，随便一笔都可以注入自己的感情。"此地一为别，孤蓬万里征。"写出别情的沉重，而且行去是水路，万里之遥，何时再能相见？再见无由，自然又增加了今日离别的难舍难分。下边，顺势写到这种难舍难分的心境："浮云游子意，落日故人情。"诗人作诗，犹如塑家手中的软泥，信手拈来，都能派上用场。诗人在此诗中顺手拈来的是"浮云"与"落日"，分别用以形容游子心情的飘忽不定与故人心情的恋恋不舍。"浮云"飘忽在天上，浮游不定，与万里迢迢的天涯游子的心境是多么相似；落日依恋青山，依依不舍，与含悲送行的知心故友的情感又正是相同。这两句诗成为千古送行的佳句，流传不息。这在古典诗词之中就叫做意境。我们不妨试问：究竟是诗人见到"浮云"才联想到"游子之意"，见到"落日"才感到"故人之情"呢？还是诗人先有了"游子之意"才去描写"浮云"，先有了"故人之情"才去描写"落日"呢？这个问题是一个很复杂的问题。我们不妨说，诗人作诗构思的那一瞬间，很难说哪个在先，哪个在后。恐怕二者是同时出现的，也未可知，这种心境没有体验过创作灵感的人是难以弄清楚的。

"挥手自兹去，萧萧班马鸣。"挥手，指二人挥手告别。"自兹去"是从此离去的意思。这个句子看似很随意，却也有很深的意思。它有两个意思：a.多日以来，你我之间只怕离别，现在，果然"留君十日，终须一别"。

在此时果然去了,再也留不住了。b.从此时一别,未知何日再能相逢呢?诗人目送友人的影子远去之后,只听到萧萧的"班马"的鸣叫之声。班马,是离群之马。《左传·襄公十八年》:"邢伯告中行伯曰:'有班马之声,齐师其遁。'"杜预注曰:"夜遁,马不相见,故鸣。班,别也。"这是说,鲁襄公十八年(公元前554)11月29日,齐国军队与晋国军队交战,晋国的邢伯对中行献子说:"有马匹盘旋的声音,齐国军队恐怕逃走了。"杜预注解说,班,是别的意思。所以,班马就是离群之马。这里的意思是说:诗人送走了友人,友人的马匹也如离群之马一样萧萧长鸣,也许是它感受到了主人难舍难分的离情也受到感染,也不忍离去。最后,诗人留给读者的是一声声震人肺腑的马鸣,大有"唐诗三昧"之妙。

长安秋月照离情

子夜四时歌:秋歌

李 白

长安一片月,万户捣衣声。

秋风吹不尽,总是玉关情。

何日平胡虏,良人罢远征。

【注解】

子夜吴歌:《子夜歌》系六朝乐府中的吴声歌曲。相传是晋代一名叫子夜的女子创制,多写哀怨眷恋之情,分春、夏、秋、冬四季。李白依格了四首,此首属秋歌。

1.捣衣:将洗过的衣服放在砧石上,用木杵捣去碱质。这里指人们准备寒衣。

2.玉关:即玉门关。

3.虏:对敌方的蔑称。

4.良人:丈夫。

【评析】

月色如银的京城,表面上一片平静,但捣衣声中却蕴含着千家万户的痛苦;秋风不息,也寄托着对边关思念的深情。读来让人怦然心动。结句是闺妇的期待,也是征人的心声。

题一作《子夜四时歌》,共四首,写春夏秋冬四时。这里所选是第三首。六朝乐府《清商曲·吴声歌曲》即有《子夜四时歌》,为作者所承,因属吴声曲,故又称《子夜吴歌》。此体向作四句,内容多写女子思念情人的哀怨,作六句是诗人的创造,而用以写思念征夫的情绪更具有时代之新意。

先说《秋歌》。笼统而言,它的手法是先景语后情语,而情景始终交融。"长安一片月",是写景同时又是紧扣题面写出"秋月扬明辉"的季节特点。而见月怀人乃古典诗歌传统的表现方法,加之秋来是赶制征衣的季节,故写月亦有兴义。此外,月明如昼,正好捣衣,而那"玉户帘中卷不去,捣衣砧上拂还来"的月光,对思妇是何等一种挑拨啊!制衣的布帛须先置砧上,用杵捣平捣软,是谓"捣衣"。这明朗的月夜,长安城就沉浸在一片此起彼落的砧杵声中,而这种特殊的"秋声"对于思妇又是何等一种挑拨啊!"一片"、"万户",写光写声,似对非对,措语天然而得咏叹味。月朗风清,风送砧声,声声都是怀念玉关征人的深情。"总是"二字便是情思益见深长。这里,秋月秋声与秋风织成浑成的境界,见境不见人,而人物俨在,"玉关情"自浓。无怪王夫之说:"前四句是天壤间生成好句,被太白拾得。"(《唐诗评选》)此情之浓,不可遏止,遂有末两句直表思妇心声:"何日平胡虏,良人罢远征?"过分偏爱"含蓄"的读者责难道:"余窃谓删去末二句作绝句,更觉浑含无尽。"(田同之《西圃诗说》)其实未必然。而从内容上看,正如沈德潜指出:"本闺情语而忽冀罢征。"(《说诗晬语》)使诗歌思想内容大大深化，更具社会意义，表现出古代劳动人民冀求过和平生活的善良愿望。全诗手法如同电影，有画面，有"画外音"。月照长安万户，风送砧声，化入玉门关外荒寒的月景。插曲："何日平胡虏，良人罢远征。"这是多么有意味的诗境啊！须知这俨然女声合唱的"插曲"决不多余，它是画面的有机组成部分，在画外亦在画中，它回肠荡气，激动人心。因此可以说，《秋歌》正面写到思情，而有不尽之情。

春雨润物细无声

春夜喜雨

杜　甫

好雨知时节，当春乃发生。

随风潜入夜，润物细无声。

野径云俱黑，江船火独明。

晓看红湿处，花重锦官城。

这是描绘春夜雨景，表现喜悦心情的名作。一开头就用一个"好"字赞美"雨"。在生活里，"好"常常被用来赞美那些做好事的人。如今用"好"赞美雨，已经会唤起关于做好事的人的联想。接下去，就把雨拟人化，说它"知时节"，懂得满足客观需要。不是吗？春天是万物萌芽生长的季节，正需要下雨，雨就下起来了。你看它多么"好"！

第二联，进一步表现雨的"好"。雨之所以"好"，就好在适时，好在"润物"。春天的雨，一般是伴随着和风细细地滋润万物的，然而也有例外。有时候，它会伴随着冷风，由雨变成雪。有时候，它会伴随着狂风，下得很凶暴。这样的雨尽管下在春天，但不是典型的春雨，只会损物而不会"润物"，自然不会使人"喜"，也不可能得到"好"评。所以，光有首联的"知时节"，还不足以完全表现雨的"好"。等到第二联写出了典型的春雨伴随着和风的细雨，那个"好"字才落实了。

"随风潜入夜,润物细无声。"这仍然用的是拟人化手法。"潜入夜"和"细无声"相配合,不仅表明那雨是伴随和风而来的细雨,而且表明那雨有意"润物",无意讨"好"。如果有意讨"好",它就会在白天来,就会造一点声势,让人们看得见,听得清。唯其有意"润物",无意讨"好",它才选择了一个不妨碍人们工作和劳动的时间悄悄地来,在人们酣睡的夜晚无声地、细细地下。

　　雨这样"好",就希望它下多下够,下个通宵。倘若只下一会儿,就云散天晴,那"润物"就很不彻底。诗人抓住这一点,写了第三联。在不太阴沉的夜间,小路比田野容易看得见,江面也比岸上容易辨得清。如今呢?放眼四望,"野径云俱黑,江船火独明。"只有船上的灯火是明的。此外,连江面也看不见,小路也辨不清,天空里全是黑沉沉的云,地上也像云一样黑。好呀!看起来,准会下到天亮。

　　尾联写的是想象中的情景。如此"好雨"下上一夜,万物就都得到润泽,发荣滋长起来了。万物之一的花,最能代表春色的花,也就带雨开放,红艳欲滴。等到明天清早去看看吧!整个锦官城(成都)杂花生树,一片"红湿",一朵朵红艳艳、沉甸甸,汇成花的海洋。那么,田里的禾苗呢?山上的树林呢?一切的一切呢?

　　浦起龙说:"写雨切夜易,切春难。"这首《春夜喜雨》,不仅切夜、切春,而且写出了典型春雨的高尚品格,表现了诗人的、也是一切"好人"的高尚人格。

　　诗人盼望这样的"好雨",喜爱这样的"好雨"。所以题目中的那个"喜"字在诗里虽然没有露面,但"'喜'意都从罅缝里迸透"(浦起龙《读杜心解》)。诗人正在盼望春雨"润物"的时候,雨下起来了,于是一上来就满心欢喜地叫"好"。第二联所写,显然是听出来的。诗人倾耳细听,听出那雨在春夜里绵绵密密地下,只为"润物",不求人知,自然"喜"得睡不着觉。由于那雨"润物细无声",听不真切,生怕它停止了,所以出门去看。第三联所写,分明是看见的。看见雨意正浓,就情不自禁地想象天明以后春色满城的美景。其无限喜悦的心情,又表现得多么生动!

中唐诗人李约有一首《观祈雨》:"桑条无叶土生烟,箫管迎龙水庙前。朱门几处看歌舞,犹恐春阴咽管弦。"和那些朱门里看歌舞的人相比,杜甫对春雨"润物"的喜悦之情难道不是一种很崇高的感情吗?

阖目如观四扇屏

绝句四首(其三)

杜 甫

两个黄鹂鸣翠柳,一行白鹭上青天。

窗含西岭千秋雪,门泊东吴万里船。

这是杜甫的一篇清新、优美的小诗。此诗作于广德二(公元764)年。这首诗写的是四幅画面:a.两个黄鹂在翠绿的柳枝上鸣叫;b.一行白鹭飞上了湛蓝的天;c.窗子外边嵌含着西岭的千秋之雪;d.门外边停泊着东吴的万里之船。全诗从头到尾句句对仗:"两个"对"一行";"黄鹂"对"白鹭";"鸣"对"上";"翠柳"对"青天";"窗"对"门";"含"对"泊";"西岭"对"东吴";"千秋"对"万里";"雪"对"船"。

现在的问题是,像这样的纯写景物的诗能否看出一点思想性来呢?按一般道理说,诗既然是诗人作出来的,它必然要带着诗人的思想感情或人格情致,不可能是一点也看不出来的,只不过是有的隐晦一些,有的明显一些罢了。那么,这首诗怎样才能看出作者的思想情致呢?说来却也不难,前两句中表现出一种幽静、自然、轻松、自由的情致,这种气氛与杜甫在此前几年经历过的奔波、逃难、颠沛流离的生活相比,自然有一种对安居乐业的生活的赞美。杜甫在四川生活不算富裕,但他的朋友四川节度使严武帮助他修建一间草堂(即是今日成都的杜甫草堂),也算安顿下来,才有心思看那"鸣翠柳"的黄鹂与"上青天"的白鹭。但是,不要忘记,此时还是动乱时期,中原地区战乱不定,杜甫仍然是客居他乡,仍然是有家归不得。另外,多年战火纷飞,人民水深火热,也一直使诗人不得安心。这一点从第二年他写的《闻官军收河南河北》一诗中体现的欣喜若狂的心情自可比照出来,可以看出他此时心情的忧郁。那么,这首诗能否看出他心情的忧郁呢?还是能看出一点儿来的,这就是尾句的"门泊东吴万里船"一句。一般人看船眼中只是船,杜甫这个忧国忧民的他乡之客看船就独具慧眼,看出的是东吴的万里之船,这就看出他心中时时怀念着长江三峡以外的世界。然而,如果我们不去挖掘诗人隐忧的内心,那么,这四句诗无论如何是明丽欢快的。这四句诗的四个画面犹如中国绘画中的四扇屏,倘有画家将这四句诗画出一幅四扇屏来,必是诗意很深的画,因为这诗,就是画意很浓的诗。古人说:"诗中有画。"正是这种境界。

鄜州月照两心幽

月 夜

杜 甫

今夜鄜州月,闺中只独看。

遥怜小儿女,未解忆长安。

香雾云鬟湿,清辉玉臂寒。

何时倚虚幌,双照泪痕干。

这是一篇笔调奇异的怀乡怀人诗。既是怀乡,又是怀人,但主要是怀人。

天宝十四(公元 755)年,安史之乱爆发。安禄山军队攻破潼关,唐玄宗率文武大臣逃奔蜀地,中途发生著名的"马嵬驿事件",杀死杨国忠,杨贵妃赐死。此时杜甫带着妻小逃难,逃到鄜州(今陕西鄜县,1964 年改称富县），把家安顿在鄜州的羌村。这一年的七月，唐肃宗李亨在四川灵武继位。八月，杜甫只身前往，准备投奔肃宗，为国效力。不幸，中途被叛军抓住，押送回长安。此诗就是诗人在长安怀念鄜州亲人时所作。

"今夜鄜州月，闺中只独看"这二句诗很容易理解。今夜鄜州那边的明月，家中只有妻子一个人观赏了。言外之意是"我"不能像以往那样，陪同她一起观赏明月了。古典诗词中明月与思乡的关系甚为密切。这个道理很简单，因为两地相思的人们，只能找到一个共同可见的媒介物，那就是月亮。如果明月是一面镜子，双方可以通过它照见对方那位思念的人。所以，人们在怀乡怀人的时候多以咏月的形式出现。杜甫在作这首诗时，至少是在构思这首诗时，肯定是眼观明月的。诗人不说"我"见到月亮思念妻子，却说妻子此时正在望着鄜州之月（其实同是一个月）在思念"我"。这种笔法至少有一石双鸟的作用。更主要的还是这样写有传神的作用，仿佛两个相思的人有一种心灵上的感应，确实是神来之笔。下一句"遥怜小儿女，未解忆长安"。也同此道理，诗人不说自己思念儿女，却说可怜的儿女们年龄还小，还不懂得思念他们沦落在长安的父亲，这就尤其使诗人惦念这些不懂事的孩子。"未解"二字在这里用上最妙。它可以揭露战争与社会摧残无知的孩子的罪行。这样的诗句读来令人辛酸，人们自然想到安禄山这个首恶元凶的罪不容诛。接下去，照应第二句，写"独看"那"鄜州月"的妻子的神态。"香雾云鬟湿，清辉玉臂寒"是想象他的妻子在中秋之夜望月思人之际，芳香的雾气润湿了她的云朵一样的发鬟，清冷的月光照得她白玉一样的臂膀寒凉。同样道理，诗人仍然不写同是今夜，自己也在香雾（指花间雾有香气）与清辉中望月而思念妻子。细心的读者能够看出这种遥隔两地，心心相印的深厚感情。然而，这里决不是一般的花间月下的恋情，对诗人来说，此时悬心的是妻子带着孩子怎样生存，何时可以团聚，兵荒马乱之中，还有没有团聚的日子？这也是细心的读者能够设身处地为她想到的。此诗的末两句就是诗人这种细心的证据。"何时倚虚幌，双照泪痕干"说的就是上述的诗人的悬心。虚幌是一种透光的窗帘或帷幔。这两句是说：何时你我二人可以双双地靠在窗棂前，那时明月再照到我二人的脸上，想必双双的泪痕皆可照干了。这是对团聚的渴望。"何时"二字用得极妙，它不只是"什么时候"的意思，而且还有"能不能"的意思。战乱年代，人们的心境与和平时期是迥然不同的。

鸟心花泪忧家国

春 望

杜 甫

国破山河在，城春草木深。

感时花溅泪，恨别鸟惊心。

烽火连三月，家书抵万金。

白头搔更短，浑欲不胜簪。

这是一篇国破家亡的悼歌。此诗标题叫"春望"，"望"的是什么呢？表面看是春景，实际上是望国君（国的标志），望家乡亲人，尤其是盼望和平宁静，安居乐业的一天。"国破山河在，城春草木深"这是多么令人辛酸的句子。"草木深"的"深"字极妙。司马光说："'山河在'，明无余物矣；'草木深'，明无人矣。"（《司马温公续诗话》）是说，"国破"之后，除了"山河"之外没有别的东西了；"城春"之际，草木深深，已无人迹。这可不是国破家亡的景象吗？"感时花溅泪，恨别鸟惊心"二句，是千载以来，脍炙人口的佳句。有感于时局的破败，花儿也都溅出泪来；有恨于离别，鸟儿也都惊颤心中。这是怎样的国愁家恨啊！这是怎样的匠心神笔啊！诗人的博大的胸怀感染着花儿与鸟儿，花儿、鸟儿也与诗人一同惊心流泪,这是怎样的感天动地的巨大情怀啊!"烽火连三月,家书抵万金"中"烽火"指战争。连三月指连续正月、二月与三月。此诗正是作于至德二年(公元757)三月杜甫身陷贼营之际。此时家中消息断绝,妻子儿女们都远在鄜州的羌村,如果有一封家信寄来,可以抵得上万两黄金的价值啊!"白头搔更短,浑欲不胜簪。"我的头发变白了,而且越搔越短,简直就要(浑欲)连簪子也都承受不住了。古人将长发盘在头顶上,用簪子穿住。这可能是一种作诗的说法,未必是实情,杜甫这一年才只有四十五岁。

此诗在结构上是相当严谨的。全诗两条线贯穿始终,一是国,一是家。第一句写国,第二句写家(草木深而望家不见);第三句"感时"承第一句写国,第四句"恨别"承第二句写家;第五句承一、三句写国,第六句承二、四句写家;第七、八句总结国愁家恨,注入一心。这就是古人作诗作文的章法(这里所说的章法类似我们今日所说的篇章结构),是值得我们效法的。

孤舟老病乾坤泪

登岳阳楼

杜 甫

昔闻洞庭水,今上岳阳楼。

吴楚东南坼,乾坤日夜浮。

亲朋无一字,老病有孤舟。

戎马关山北,凭轩涕泗流。

这是一首忧民忧国忧天下的诗,却又是孤苦伶仃身世的浩叹式的慷慨悲歌。杜甫的这首诗作于大历三(公元768)年,时年57岁。此时,诗人从"漂泊西南天地间"的西南流落生活中,由于思念家乡而乘舟出三峡，至江陵，转公安，年底到了岳阳，在船上栖身。两年以后，诗人在江湖辗转无定，漂流到耒阳，江水暴涨，杜甫停舟方田驿，五日五夜没有进食。耒阳县令聂某送来牛肉白酒，杜甫用毕，作诗一首表示谢意，一夜以后就死了。这首诗是诗人死前重要诗作中的最后一首了。

"昔闻洞庭水，今上岳阳楼。"这两句字面意思很容易读懂，只不过说过去"我"听说过洞庭湖的水，今天才登上岳阳楼。清人仇兆鳌解释这两句诗时说："'昔闻'、'今上'，喜初登也。"(《杜诗详注》)这种说法显然是主观臆测的。傅庚生说："这里并不是登临的喜悦；而是在这平平的叙述中，寄寓着漂泊天涯，怀才不遇，桑田沧海，壮气蒿莱……"这种评论是很中肯的。"昔闻洞庭水"的时候，诗人豪情壮志，如洞庭湖波滚滚翻腾；"今上岳阳楼"的时候，诗人老病孤舟，却平生壮志一筹莫展。这才是这两句诗中洋溢出来的情调。仇兆鳌做过康熙朝的吏部右侍郎，当然走到哪里都是"喜登临"的。杜甫却不一样，他天涯漂泊，寄身舟中，贫病交加，"登临"而已，哪里来的"喜"呢？另外，从全诗情调看，也没有一个"喜"字。这件事告诉我们，读诗读文要经过自己的分析，不可人云亦云。仇兆鳌是研究杜甫的大家，读者很容易跟着他的思路走的。"吴楚东南坼，乾坤日夜浮。"坼(chè)，裂开、分裂的意思。意思是说，吴国和楚国的地面从这里分开，天与地都仿佛漂浮在这浩大的水面上。这是极为宏伟庞大的景物，表现出诗人贫病交加之际仍然有着博大的胸襟。这也是千秋的名句。喻守真《唐诗三百首详注》分析此诗道："诗人写景状物，往往喜欢夸大形容，因此就不免有牵强失真的地方。本诗颔联(即'吴楚东南坼'二句)，就犯此病。'乾坤日夜浮'，倘用来咏大海，那还相当。若咏洞庭，未免不称。"这样的评论实际上是不懂作诗之道的直观评论。"小荷才露尖尖角，早有蜻蜓立上头。"(杨万里《小池》)境界小得如同豆粒，但它也是一个世界。佛家所说"一稊米中便有一个世界"，就是这个意思。

更重要的是,诗是诗人主观与客观世界的一个糅合。诗人主观感受到的东西与客观真实的东西就有不同。"春水船如天上坐,老年花似雾中看。"(杜甫《小寒食舟中作》)老年人看花,似在雾中,这是眼花时的感受。就带着主观的色彩了,何况诗还有个意境呢!还有诗人注入到"境"里边的"意"呢!这两句诗中有作者四海漂流的心绪,有国家动乱的忧虑,有命运飘摇的感慨。于是,在作者看来,天与地好像都在水面上漂浮,这实际上是真实的感受。"亲朋无一字,老病有孤舟"这两句是容易理解的。"亲朋无一字"暗含战争频繁音讯不通的时代背景;"老病有孤舟"则直接写出诗人当时的处境是多么艰难。然而,在这样孤苦伶仃、贫病交加的处境中,诗人还时时惦记着国事与人民,"戎马关山北",写烽火遍地的政治局势,诗人为人民一洒忧伤之泪——"凭轩涕泗流",这涕泪双流的情貌,是一个爱国爱人民的诗人吐露出来的一颗诗心。

泰山风光雄古今

望 岳

杜 甫

岱宗夫如何?齐鲁青未了。

造化钟神秀,阴阳割昏晓。

荡胸生曾云,决眦入归鸟。

会当凌绝顶,一览众山小。

【注解】

岱宗:即泰山。《风俗通·山泽篇》:"泰山,山之尊者,一曰岱宗。岱,始也;宗,长也。"齐鲁:在今山东省境内。钟:聚集。曾:同"层"。眦:眼眶。

【评析】

玄宗开元二十三年(735),诗人到洛阳应进士,结果落第而归,于是北游齐鲁。这首诗就是在漫游途中所作。写泰山的诗很多,只有杜甫能用"齐鲁青未了"五字而囊括数千里,可谓雄阔。其结句尤其精妙,气势不凡,意境辽远,将诗人的抱负和理想都含蕴其中。全诗开阔明朗,情调健康。

这是现存杜诗中最早的一首,写于开元二十四年(736年)北游齐赵时,此诗被后人刻石为碑立于泰山。

杜甫《望岳》诗,共有三首,分咏东岳(泰山)、南岳(衡山)、西岳(华山)。这一首是望东岳泰山。开元二十四年(736),二十四岁的诗人开始过一种"裘马清狂"的漫游生活。此诗即写于北游齐、赵(今河南、河北、山东等地)时,字里行间洋溢着青年杜甫那种蓬蓬勃勃的朝气。

全诗没有一个"望"字,但句句写向岳而望。距离是自远而近,时间是从朝至暮,并由望岳悬想将来的登岳。

首句"岱宗夫如何",写乍一望见泰山时,高兴得不知怎样形容才好的那种揣摩劲和惊叹仰慕之情,非常传神。岱是泰山的别名,因居五岳之首,故尊为岱宗。"夫如何",就是到底怎么样呢?"夫"字在古文中通常是用于句首的虚字,这里把它融入诗句中,是个新创,很别致。这个"夫"字,虽无实在意义,却少它不得,所谓"传神写照,正在阿诸中"。

"齐鲁青未了",是经过一番揣摩后得出的答案,真是惊人之句。它既不是抽象地说泰山高,也不是像谢灵运《泰山吟》那样用"崔崒刺云天"这类一般化的语言来形容,而是别出心裁地写出自己的体验——在古代齐鲁两大国的国境外还能望见远远横亘在那里的泰山,以距离之远来烘托出泰山之高。泰山之南为鲁,泰山之北为齐,所以这一句描写出地理特点,写其他山岳时不能挪用。明代莫如忠《登东郡望岳楼》诗说:"齐鲁到今青未了,题诗谁继杜陵人?"他特别提出这句诗,并认为无人能继,是有道理的。

"造化钟神秀,阴阳割昏晓"两句,写近望中所见泰山的神奇秀丽和巍峨高大的形象,是上句"青未了"的注脚。"钟"字,将大自然写得有情。山前向日的一面为"阳",山后背日的一面为"阴",由于山高,天色的一昏一晓判割于山的阴、阳面,所以说"割昏晓"。"割"本是个普通字,但用在这里,确是"奇险"。由此可见,诗人杜甫那种"语不惊人死不休"的创作作风,在他的青年时期就已养成。

"荡胸生曾云,决眦入归鸟"两句,是写细望。见山中云气层出不穷,故心胸亦为之荡漾;因长时间目不转睛地望着,故感到眼眶有似决裂。"归鸟"是投林还巢的鸟,可知时已薄暮,诗人还在望。不言而喻,其中蕴藏着诗人对祖国河山的热爱。

"会当凌绝顶,一览众山小"这两句,写由望岳而产生的登岳的意愿。"会当"是唐人口语,意即"一定要"。如王勃《春思赋》:"会当一举绝风尘,翠盖朱轩临上春。"有时单用一个"会"字,如孙光宪《北梦琐言》:"他日会杀此竖子!"即杜诗中亦往往有单用者,如"此生那老蜀,不死会归秦"!(《奉送严公入朝》)如果把"会当"解作"应当",便欠准确,神气索然。

从这两句富有启发性和象征意义的诗中,可以看到诗人杜甫不怕困难、敢于攀登绝顶、俯视一切的雄心和气概。这正是杜甫能够成为一个伟大诗人的关键所在,也是一切有所作为的人们所不可缺少的。这就是为什么这两句诗千百年来一直为人们所传诵,而至今仍能引起我们强烈共鸣的原因。清代浦起龙认为杜诗"当以是为首",并说"杜子心胸气魄,于斯可观。取为压卷,屹然作镇"。也正是从这两句诗的象征意义着眼的。这和杜甫在政治上"自比稷与契",在创作上"气劘屈贾垒,目短曹刘墙"，正是一致的。此诗被后人誉为"绝唱"，并刻石为碑，立在山麓。无疑，它将与泰山同垂不朽。

飘零天地一沙鸥

旅夜书怀

杜 甫

细草微风岸，危樯独夜舟。

星垂平野阔，月涌大江流。

名岂文章著，官应老病休。

飘飘何所似？天地一沙鸥。

【注解】

1.危樯：高高的桅杆。

2.著：著名。

3.星垂：星光下照。

4.月涌：月亮倒照，随小流涌。

5.飘飘：飞翔的样子，这里含月"飘零"、"飘泊"的意思。

【韵译】

微风吹拂着江岸的细草，那立着高高桅杆的小船在夜里孤独地停泊着。星星垂在天边，平野显得宽阔；月光随波涌动，大江滚滚东流。我难道是因为文章而著名，年老病多也应该休官了。自己到处漂泊像什么呢？就像天地间的一只孤零零的沙鸥。

【评析】

这首诗既写旅途风情，更感伤老年多病，却仍然只能像沙鸥在天地间飘零。"名岂文章著"是反语，也许在诗人的内心，自认为还有宏大的政治抱负未能施展。

公元 765 年,杜甫带着家人离开成都草堂,乘舟东下,在岷江、长江漂泊。这首五言律诗大概是他舟经渝州、忠州一带时写的。

诗的前四句描写"旅夜"的情景。第一、二句写近景:微风吹拂着江岸上的细草,竖着高高桅杆的小船在月夜孤独地停泊着。当时杜甫离开成都是迫于无奈。这一年的正月,他辞去节度使参谋职务。四月时,在成都赖以存身的好友严武死去。处此凄孤无依之境,便决意离蜀东下。因此,这里不是空泛地写景,而是寓情于景,通过写景展示他的境况和情怀:像江岸细草一样渺小,像江中孤舟一般寂寞。第三、四句写远景:明星低垂,平野广阔;月随波涌,大江东流。这两句写景雄浑阔大,历来为人所称道。在这两个写景句中寄寓着诗人的什么感情呢?有人认为是"开襟旷远"(浦起龙《读杜心解》),有人认为是写出了"喜"的感情(见《唐诗论文集·杜甫五律例解》)。很明显,这首诗是写诗人暮年漂泊的凄苦景况的,而上面的两种解释只强调了诗的字面意思,这就很难令人信服。实际上,诗人写辽阔的平野、浩荡的大江、灿烂的星月,正是为了反衬出他孤苦伶仃的形象和颠簸无告的凄怆心情。这种以乐景写哀情的手法,在古典作品中是经常使用的。如《诗经·小雅·采薇》中"昔我往矣,杨柳依依",用春日的美好景物反衬出征士兵的悲苦心情,写得多么动人!

诗的后四句是"书怀"。第五、六句说,有点名声,哪里是因为我的文章好呢?做官,倒应该因为年老多病而退休。这是反话,立意甚为含蓄。诗人素有远大的政治抱负,但长期被压抑而不能施展,因此声名竟因文章而著,这实在不是他的心愿。杜甫此时确实是既老且病,但他的休官,却主要不是因为老和病,而是由于被排挤。这里表现出诗人心中的不平,同时揭示出政治上失意是他飘泊、孤寂的根本原因。关于这一联的含义,黄生说是"无所归咎,抚躬自怪之语"(《杜诗说》),仇兆鳌说是"五属自谦,六乃自解"(《杜少陵集详注》),恐怕不很妥当。最后两句说,飘然一身像个什么呢?不过像广阔的天地间的一只沙鸥罢了。诗人即景自况以抒悲怀。这一联借景抒情,深刻地表现了诗人内心漂泊无依的感伤,真是一字一泪,感人至深。

王夫之《姜斋诗话》说:"情景虽有在心在物之分,而景生情,情生景,……互藏其宅。"情景互藏其宅,即寓情于景和寓景于情。前者写宜于表达诗人所要抒发的情的景物,使情藏于景中;后者不是抽象地写情,而是在写情中藏有景物。杜甫的这首《旅夜书怀》诗,就是古典诗歌中情景相生、互藏其宅的一个范例。

盛衰无常人暗换

江南逢李龟年

杜 甫

岐王宅里寻常见,崔九堂前几度闻。

正是江南好风景,落花时节又逢君。

【注解】

1.李龟年:唐代著名的音乐家,受唐玄宗赏识,后流落江南。

2.岐王:唐玄宗的弟弟李范,他被封为岐王。

3.崔九:就是崔涤,当时担任殿中监。

4.江南:这里指今湖南省一带。

5.落花时节:暮春,通常指阴历三月。

【韵译】

当年在岐王宅里,常常见到你的演出;

在崔九堂前,也曾多次欣赏你的艺术。

没有想到,在这风景一派大好的江南;

正是落花时节,能巧遇你这位老相识。

【评析】

诗是感伤世态炎凉的。李龟年是开元初年的著名歌手,常在贵族豪门歌唱。杜甫少年时才华卓著,常出入于岐王李范和秘书监崔涤的门庭,得以欣赏李龟年的歌唱艺术。诗的开首两句是追忆昔日与李龟年的接触,寄寓诗人对开元初年鼎盛的眷怀;后两句是对国事凋零,诗人颠沛流离的感慨。仅仅四句却概括了整个开元时期的时代沧桑,人生巨变。语极平淡,内涵却无限丰满。蘅塘退士评为:"少陵七绝,此为压卷。"

这是杜甫绝句中最有情韵、最富含蕴的一篇。只二十八字,却包含着丰富的时代生活内容。如果诗人当年围绕安史之乱的前前后后写一部回忆录,是不妨用它来题卷的。

李龟年是开元时期"特承顾遇"的著名歌唱家。杜甫初逢李龟年,是在"开口咏凤凰"的少年时期,正值所谓"开元全盛日"。当时王公贵族普遍爱好文艺,杜甫即因才华早著而受到岐王李范和秘书监崔涤的延接,得以在他们的府邸欣赏李龟年的歌唱。而一位杰出的艺术家,既是特定时代的产物,也往往是特定时代的标志和象征。在杜甫心目中,李龟年正是和鼎盛的开元时代、也和自己充满浪漫情调的青少年时期的生活,紧紧联结在一起的。几十年之后,他们又在江南重逢。这时,遭受了八年动乱的唐王朝业已从繁荣昌盛的顶峰跌落下来,陷入重重矛盾之中;杜甫辗转漂泊到潭州,"疏布缠枯骨,奔走苦不暖",晚境极为凄凉;李龟年也流落江南,"每逢良辰胜景,为人歌数阕,座中闻之,莫不掩泣罢酒"(《明皇杂录》)。这种会见,自然很容易触发杜甫胸中本就郁积着的无限沧桑之感。"岐王宅里寻常见,崔九堂前几度闻。"诗人虽然是在追忆往昔与李龟年的接触,流露的却是对"开元全盛日"的深情怀念。这两句下语似乎很轻,含蕴的感情却深沉而凝重。"岐王宅里"、"崔九堂前",仿佛信口道出,但在当事者心目中,这两个文艺名流经常雅集之处,无疑是鼎盛的开元时期丰富多彩的精神文化的渊薮,它们的名字就足以勾起对"全盛日"的美好回忆。当年出入其间,接触李龟年这样的艺术明星,是"寻常"而不难"几度"的,现在回想起来,简直是不可企及的梦境了。这里所蕴涵的天上人间之隔的感慨,是要结合下两句才能品味出来的。两句诗在迭唱和咏叹中,流露了对开元全盛日的无限眷恋,好像是要拉长回味的时间似的。

梦一样的回忆,毕竟改变不了眼前的现实。"正是江南好风景,落花时节又逢君。"风景秀丽的江南,在太平时代,原是诗人们所向往的作快意之游的所在。如今自己真正置身其间,所面对的竟是满眼凋零的"落花时节"和皤然白首的流落艺人。"落花时节",像是即景书事,又像是别有寓托,寄兴在有意无意之间。熟悉时代和杜甫身世的读者会从这四个字上头联想起世运的衰颓、社会的动乱和诗人的衰病漂泊,却又丝毫不觉得诗人在刻意设喻,这种写法显得特别浑成无迹。加上两句当中"正是"和"又"这两个虚词一转一跌,更在字里行间寓藏着无限感慨。江南好风景,恰恰成了乱离时世和沉沦身世的有力反衬。一位老歌唱家与一位老诗人在飘流颠沛中重逢了,落花流水的风光,点缀着两位形容憔悴的老人,成了时代沧桑的一幅典型画图。它无情地证实"开元全盛日"已经成为历史陈迹,一场翻天覆地的大动乱,使杜甫和李龟年这些经历过盛世的人,沦落到了不幸的地步。感慨无疑是很深的,但诗人写到"落花时节又逢君",却黯然而收,在无言中包孕着深沉的慨叹,痛定思痛的悲哀。这样"刚开头却又煞了尾",连一句也不愿多说,真是显得蕴藉之极。沈德潜评此诗："含意未申，有案未断。"这"未申"之意对于有着类似经历的当事者李龟年，自不难领会；对于后世善于知人论世的读者，也不难把握。像《长生殿·弹词》中李龟年所唱的"当时天上清歌，今日沿街鼓板"，"唱不尽兴亡梦幻，弹不尽悲伤感叹，凄凉满眼对江山"等等，尽管反复唱叹，意思并不比杜诗更多，倒很像是剧作家从杜诗中绅绎出来似的。

这四句诗，从岐王宅里、崔九堂前的"闻"歌，到落花江南的重"逢"，"闻"、"逢"之间，联结着四十年的时代沧桑、人生巨变。尽管诗中没有一笔正面涉及身世，但透过诗人的追忆感喟，读者却不难感受到给唐代社会物质财富和文化繁荣带来浩劫的那场大动乱的阴影，以及它给人们造成的巨大灾难和心灵创伤。确实可以说"世运之治乱，华年之盛衰，彼此之凄凉流落，俱在其中"（孙洙评）。正像旧戏舞台上不用布景，观众通过演员的歌唱表演，可以想象出极广阔的空间背景和事件过程；又像小说里往往通过一个人的命运，反映一个时代一样。这首诗的成功创作似乎可以告诉我们：在具有高度艺术概括力和丰富生活体验的大诗人那里，绝句这样短小的体裁究竟可以具有多大的容量，而在表现如此丰富的内容时，又能达到怎样一种举重若轻、浑然无迹的艺术境界。

天涯寥落人事稀

阁　夜

杜　甫

岁暮阴阳催短景，天涯霜雪霁寒宵。

五更鼓角声悲壮，三峡星河影动摇。

野哭几家闻战伐，夷歌数处起渔樵。

卧龙跃马终黄土，人事音书漫寂寥。

【注解】

1.阴阳:指日月。

2.短景:指冬季日短。景:日光。

3.三峡:指瞿塘峡、巫峡、西陵峡。瞿塘峡在夔州东。

4.星河:星辰与银河。

5.野哭几家闻战伐:指的是从几家野哭中听到战争的声音。几家:一作"千家"。

6.夷歌数处起渔樵:指的是渔人樵夫都唱着夷歌,见夔州之僻远。夷:指当地少数民族。

7.卧龙:指诸葛亮。

8.跃马:指公孙述。述在西汉末曾乘乱据蜀,自称白帝。这里用晋左思《蜀都赋》"公孙跃马而称帝"意。诸葛亮和公孙述在夔州都有祠庙,故诗中及之。这句是贤愚同尽之意。

【韵译】

时令到了寒冬,日子就越来越短;

浪迹天涯,在这霜雪初散的寒宵。

五更时听到战鼓号角,起伏悲壮;

山峡倒映着银河星辰,随波动摇。

野外几家哭声,传来战争的讯息;

数处渔人樵夫,唱起夷族的歌谣。

诸葛亮和公孙述,一样终成黄土;

人事变迁音书断绝,我寂寞无聊。

【评析】

这首诗是诗人在大历元年(766)寓于夔州西阁所作。全诗写冬夜景色,有伤乱思乡的意思。首联点明冬夜寒怆,颔联写夜中所闻所见,颈联写拂晓所闻,末联写极目武侯、白帝两庙而引出的感慨。以诸葛亮和公孙述为例,说明贤愚忠逆都同归于尽,个人的寂寞就更无所谓了。全诗气象雄阔,大有上天下地,俯仰古今之概。

蜀中有崔旰、郭英义等互相残杀,百姓遭殃,诗中的"野哭千家"就是这次战祸的写照。杜甫经常情思诸葛亮,这是他从内心崇敬的一位贤臣,也留下他自己的影子。

这是大历元年冬杜甫寓居夔州西阁时所作。当时西川军阀混战,连年不息,吐蕃也不断侵袭蜀地。而杜甫的好友郑虔、苏源明、李白、严武、高适等,都先后死去。感时忆旧,他写了这首诗,表现出异常沉重的心情。

开首两句点明时间。首句岁暮,指冬季;阴阳,指日月;短景,指冬天日短。一"催"字,形象地说明夜长昼短,使人觉得光阴荏苒,岁月逼人。次句天涯,指夔州,又有沦落天涯意。当此霜雪方歇的寒冬夜晚,雪光明朗如昼,诗人对此凄凉寒怆的夜景,不由感慨万千。

"五更鼓角声悲壮,三峡星河影动摇"两句,承上句"岁暮阴阳催短景,天涯霜雪霁寒宵",写出了夜中所闻所见。上句鼓角,指古代军中用以报时和发号施令的鼓声、号角声。晴朗的夜空,鼓角声分外响亮,值五更欲曙之时,愁人不寐,那声音更显得悲壮感人。这就从侧面烘托出夔州一带也不太平,黎明前军队已在加紧活动。诗人用"鼓角"二字点示,再和"五更"、"声悲壮"等词语结合,兵革未息、战争频仍的气氛就自然地传达出来了。下句说雨后玉宇无尘,天上银河显得格外澄澈,群星参差,映照峡江,星影在湍急的江流中摇曳不定,景色是够美的。前人赞扬此联写得"伟丽"。它的妙处在于:通过对句,诗人把他对时局的深切关怀和三峡夜深美景的欣赏,有声有色地表现出来,诗句气势苍凉恢廓,音调铿锵悦耳,辞采清丽夺目,"伟丽"中深蕴着诗人悲壮深沉的情怀。

"野哭几家闻战伐,夷歌数处起渔樵"两句,写拂晓前所闻。一闻战伐之事,就立即引起千家的恸哭,哭声传彻四野,其景多么凄惨!夷歌,指四川境内少数民族的歌谣。夔州是民族杂居之地。杜甫客寓此间,渔夫樵子不时在夜深传来"夷歌"之声。"数处"言不只一起。这两句把偏远的夔州的典型环境刻画得很真实:"野哭"、"夷歌",一个富有时代感,一个具有地方性。对这位忧国忧民的伟大诗人来说,这两种声音都使他备感悲伤。

"卧龙跃马终黄土,人事音书漫寂寥"两句,诗人极目远望夔州西郊的武侯庙和东南的白帝庙,而引出无限感慨。卧龙,指诸葛亮。跃马,化用左思《蜀都赋》"公孙跃马而称帝"句,意指公孙述在西汉末乘乱据蜀称帝。杜甫曾屡次咏到他:"公孙初据险,跃马意何长?"(《白帝城》)"勇略今何在? 当年亦壮哉!"(《上白帝城二首》)一世之雄,而今安在? 他们不都成了黄土中的枯骨吗!"人事音书",词意平列。漫,任便。这句说,人事与音书,如今都只好任其寂寞了。结尾两句,流露出诗人极为忧愤感伤的情绪。沈德潜说:"结言贤愚同尽,则目前人事,远地音书,亦付之寂寥而已。"(《唐诗别裁》)像诸葛亮、公孙述这样的历史人物,不论他是贤是愚,都同归于尽了。现实生活中,征戍、诛掠更造成广大人民天天都在死亡,眼前这点寂寥孤独,又算得了什么呢? 这话看似自遣之词,实际上却充分反映出诗人感情上的矛盾与苦恼。"志士幽人莫怨嗟,古来材大难为用!"(《古柏行》)"英雄余事业,衰迈久风尘。"(《上白帝城二首》)这些诗句正好传达出诗中某些未尽之意。卢世㴐认为此诗"意中言外,怆然有无穷之思",是颇有见地的。

此诗向来被誉为杜律中的典范性作品。诗人围绕题目,从几个重要侧面抒写夜宿西阁的所见所闻所感,从寒宵雪霁写到五更鼓角,从天空星河写到江上洪波,从山川形胜写到战乱人事,从当前现实写到千年往迹。气象雄阔,仿佛把宇宙笼入毫端,有上天下地、俯仰古今之概。胡应麟称赞此诗:"气象雄盖宇宙,法律细入毫芒。"并说它是七言律诗的"千秋鼻祖",是很有道理的。

诗酒风流在盛唐

饮中八仙歌

杜　甫

知章骑马似乘船，眼花落井水底眠。

汝阳三斗始朝天，道逢麹车口流涎，
恨不移封向酒泉。

左相日兴费万钱，饮如长鲸吸百川，
衔杯乐圣称避贤。

宗之潇洒美少年，举觞白眼望青天，
皎如玉树临风前。

苏晋长斋绣佛前，醉中往往爱逃禅。

李白一斗诗百篇，长安市上酒家眠。

天子呼来不上船，自称臣是酒中仙。

张旭三杯草圣传，脱帽露顶王公前，
挥毫落纸如云烟。

焦遂五斗方卓然，高谈雄辩惊四筵。

【评析】

《饮中八仙歌》是一首别具一格，富有特色的"肖像诗"。八个酒仙是同时代的人，又都在长安生活过，在嗜酒、豪放、旷达这些方面彼此相似。诗人以洗练的语言，人物速写的笔法，将他们写进一首诗里，构成一幅栩栩如生的群像图。

八仙中首先出现的是贺知章。他是其中资格最老、年事最高的一个。在长安，他曾"解金龟换酒为乐"（李白《对酒忆贺监序》）。诗中说他喝醉酒后，骑马的姿态就像乘船那样摇来晃去，醉眼蒙眬，眼花缭乱，跌进井里竟会在井里熟睡不醒。相传"阮咸尝醉,骑马倾攲,人曰:'箇老子如乘船游波浪中。'"杜甫活用这一典故,用夸张手法描摹贺知章酒后骑马的醉态与醉意,弥漫着一种谐谑滑稽与欢快的情调,惟妙惟肖地表现了他旷达纵逸的性格特征。

其次出现的人物是汝阳王李琎。他是唐玄宗的侄子,宠极一时,所谓"主恩视遇频"、"倍比骨肉亲"(杜甫《赠太子太师汝阳郡王琎》),因此,他敢于饮酒三斗才上朝拜见天子。他的嗜酒心理也与众不同,路上看到酒车竟然流起口水来,恨不得要把自己的封地迁到酒泉(今属甘肃)去。相传那里"城下有金泉,泉味如酒,故名酒泉"(见《三秦记》)。唐代,皇亲国戚,贵族勋臣有资格袭领封地,因此,八人中只有李琎才会勾起"移封"的念头,其他人是不会这样想入非非的。诗人就抓着李琎出身皇族这一特点,细腻地描摹他的享乐心理与醉态,下笔真实而有分寸。

接着出现的是李适之。他于天宝元年,代牛仙客为左丞相,雅好宾客,夜则燕赏,饮酒日费万钱,豪饮的酒量有如鲸鱼吞吐百川之水,一语点出他的豪华奢侈。然而好景不长,开宝五载适之为李林甫排挤,罢相后,在家与亲友会饮,虽酒兴未减,却不免牢骚满腹,赋诗道:"避贤初罢相,乐圣且衔杯,为问门前客,今朝几个来?"(《旧唐书·李适之传》)"衔杯乐圣称避贤"即化用李适之诗句。"乐圣"即喜喝清酒,"避贤"即不喝浊酒。结合他罢相的事实看,"避贤"语意双关,有讽刺李林甫的意味。这里抓住权位的得失这一个重要方面刻画人物性格,精心描绘李适之的肖像,含有深刻的政治内容,很耐人寻味。

三个显贵人物展现后,跟着出现的是两个潇洒的名士崔宗之和苏晋。崔宗之,是一个倜傥洒脱,少年英俊的风流人物。他豪饮时,高举酒杯,用白眼仰望青天,睥睨一切,旁若无人。喝醉后,宛如玉树迎风摇曳,不能自持。杜甫用"玉树临风"形容崔宗之的俊美丰姿和潇洒醉态,很有韵味。接着写苏晋。司马迁写《史记》擅长以矛盾冲突的情节来表现人物的思想性格。杜甫也善于抓住矛盾的行为描写人物的性格特征。苏晋一面耽禅,长期斋戒,一面又嗜饮,经常醉酒,处于"斋"与"醉"的矛盾斗争中,但结果往往是"酒"战胜"佛",所以他就只好"醉中爱逃禅"了。短短两句诗,幽默地表现了苏晋嗜酒而得意忘形,放纵而无所顾忌的性格特点。

诗酒同李白结下不解之缘,李白自己也说过"百年三万六千日,一日须倾三百杯"(《襄阳歌》)、"兴酣落笔摇五岳"(《江上吟》)。杜甫描写李白的几句诗,浮雕般地突出了李白的嗜好和诗才。李白嗜酒,醉中往往在"长安市上酒家眠",习以为常,不足为奇。"天子呼来不上船"这一句,顿时使李白的形象变得高大奇伟了。李白醉后,更加豪气纵横,狂放不羁,即使天子召见,也不是那么毕恭毕敬,诚惶诚恐,而是自豪地大声呼喊:"臣是酒中仙!"强烈地表现出李白不畏权贵的性格。"天子呼来不上船",虽未必是事实,却非常符合李白的思想性格,因而具有高度的艺术真实性和强烈的艺术感染力。杜甫是李白的知友,他把握李白思想性格的本质方面并加以浪漫主义的夸张,将李白塑造成这样一个桀骜不驯,豪放纵逸,傲视封建王侯的艺术形象。这肖像,神采奕奕,形神兼备,焕发着美的理想光辉,令人难忘。这正是千百年来人民所喜爱的富有浪漫色彩的李白形象。

另一个和李白比肩出现的重要人物是张旭。他"善草书,好酒,每醉后,号呼狂走,索笔挥洒,变化无穷,若有神助"(《杜臆》卷一)。当时人称"草圣"。张旭三杯酒醉后,豪情奔放,绝妙的草书就会从他笔下流出。他无视权贵的威严,在显赫的王公大人面前,脱下帽子,露出头顶,奋笔疾书,自由挥洒,笔走龙蛇,字迹如云烟般舒卷自如。"脱帽露顶王公前",这是何等的倨傲不恭,不拘礼仪!它酣畅地表现了张旭狂放不羁,傲世独立的性格特征。

歌中殿后的人物是焦遂。袁郊在《甘泽谣》中称焦遂为布衣,可见他是个平民。焦遂喝酒五斗后方有醉意，那时他更显得神情卓异，高谈阔论，滔滔不绝，惊动了席间在座的人。诗里刻画焦遂的性格特征，集中在渲染他的卓越见识和论辩口才，用笔精确、谨严。

《饮中八仙歌》的情调幽默谐谑，色彩明丽，旋律轻快，情绪欢乐。在音韵上，一韵到底，一气呵成，是一首严密完整的歌行。在结构上，每个人物自成一章，八个人物主次分明，每个人物的性格特点，同中有异，异中有同，多样而又统一，构成一个整体，彼此衬托映照，有如一座群体雕像，艺术上确有独创性。正如王嗣奭所说："此创格，前无所因。"它在古典诗歌中确是别开生面之作。

兄弟分离忆故乡

月夜忆舍弟

杜　甫

戍鼓断人行，边秋一雁声。

露从今夜白，月是故乡明。

有弟皆分散，无家问死生。

寄书长不达，况乃未休兵。

【注解】

1.戍鼓：戍楼上的更鼓。

2.断人行：指鼓声响起后，就开始宵禁。

3.边秋：一作"秋边"，秋天的边地。

4.露从今夜白：指在节气"白露"的一个夜晚。

5.长：一直，老是。

【韵译】

戍楼响过更鼓，路上断了行人形影，

秋天的边地，传来孤雁悲切的鸣声。

今日正是白露,忽然想起远方兄弟,

望月怀思,觉得故乡月儿更圆更明。

可怜有兄弟,却各自东西海角天涯,

有家若无,是死是生我何处去打听?

平时寄去书信,常常总是无法到达,

更何况烽火连天,叛乱还没有治平。

【评析】

诗作于乾元二年(759),这时安史之乱尚未平息,诗人在战乱中,颠沛流离,历尽国难家忧,心中满腔悲愤。望秋月而思念手足兄弟,寄托萦怀家国之情。全诗层次井然,首尾照应,结构严密,环环相扣,句句转承,一气呵成。从"露从今夜白,月是故乡明"这二句诗,可见造句的神奇矫健。

在思乡人的眼里,故乡的月色格外明亮;兄弟们因离乱也久已没有音讯,连想要写封信去都没办法,怀念之情一层一层递进。这首诗是乾元二年(759)秋杜甫在秦州所作。这年九月,史思明从范阳引兵南下,攻陷汴州,西进洛阳,山东、河南都处于战乱之中。当时,杜甫的几个弟弟正分散在这一带,由于战事阻隔,音信不通,引起他强烈的忧虑和思念。《月夜忆舍弟》即是他当时思想感情的真实记录。在古典诗歌中,思亲怀友是常见的题材,这类作品要力避平庸,不落俗套,单凭作者生活体验是不够的,还必须在表现手法上匠心独运。杜甫正是在对这类常见题材的处理中,显出了他的大家本色。

诗一起即突兀不平。题目是"月夜忆舍弟",作者却不从月夜写起,而是首先描绘了一幅边塞秋天的图景:"戍鼓断人行,边秋一雁声。"路断行人,写出所见;戍鼓雁声,写出所闻。耳目所及皆是一片凄凉景象。沉重单调的更鼓和天边孤雁的叫声不仅没有带来一丝活气，反而使本来就荒凉不堪的边塞显得更加冷落沉寂。"断人行"点明社会环境，说明战事频仍、激烈，道路为之阻隔。两句诗渲染了浓重悲凉的气氛，这就是"月夜"的背景。

颔联点题。"露从今夜白"，既写景，也点明时令。那是在节气中白露的夜晚，清露盈盈，令人顿生寒意。"月是故乡明"，也是写景，却与上句略有不同。作者所写的不完全是客观实景，而是融入了自己的主观感情。明明是普天之下共一轮明月，本无差别，偏要说故乡的月亮最明；明明是自己的心里幻觉，偏要说得那么肯定，不容置疑。然而，这种以幻作真的手法却并不使人觉得于情理不合，这是因为它极深刻地表现了作者微妙的心理，突出了对故乡的感怀。这两句在炼句上也很见功力，它要说的不过是"今夜露白"、"故乡月明"，只是将词序这么一换，语气便分外矫健有力。所以王得臣说："子美善于用事及常语，多离析或倒句，则语健而体峻，意亦深稳。"（《麈史》）从这里也可以看出杜甫化平板为神奇的本领。

以上四句信手挥写，若不经意，看似与忆弟无关，其实不然。不仅望月怀乡写出"忆"，就是闻戍鼓，听雁声，见寒露，也无不使作者感物伤怀，引起思念之情。实乃字字忆弟，句句有情。

诗由望月转入抒情，过渡十分自然。月光常会引人遐想，更容易勾起思乡之念。诗人今遭逢离乱，又在这清冷的月夜，自然更是别有一番滋味在心头。在他的绵绵愁思中夹杂着生离死别的焦虑不安，语气也分外沉痛。"有弟皆分散，无家问死生"，上句说弟兄离散，天各一方；下句说家已不存，生死难卜，写得伤心折肠，令人不忍卒读。这两句诗也概括了安史之乱中人民饱经忧患丧乱的普遍遭遇。

"寄书长不达，况乃未休兵"，紧承五、六两句进一步抒发内心的忧虑之情。亲人们四处流散，平时寄书尚且常常不达，更何况战事频仍，生死茫茫当更难预料。含蓄蕴藉，一结无限深情。读了这首诗，我们便不难明白杜甫为什么能够写出"烽火连三月，家书抵万金"(《春望》)那样凝炼警策的诗句来。深刻的生活体验是艺术创作最深厚的源泉。

全诗层次井然，首尾照应，承转圆熟，结构严谨。"未休兵"则"断人行"，望月则"忆舍弟"，"无家"则"寄书不达"，人"分散"则"死生"不明，一句一转，一气呵成。

在安史之乱中，杜甫颠沛流离，备尝艰辛，既怀家愁，又忧国难，真是感慨万端。稍一触动，千头万绪便一齐从笔底流出，所以把常见的怀乡思亲的题材写得如此凄楚哀感，沉郁顿挫。

武侯风骨参天地

蜀　相

杜　甫

丞相祠堂何处寻，锦官城外柏森森。

映阶碧草自春色，隔叶黄鹂空好音。

三顾频烦天下计，两朝开济老臣心。

出师未捷身先死，长使英雄泪满襟。

【注解】

1.蜀相：三国时蜀国丞相，指诸葛亮。

2.锦官城：现四川省成都市。

3.自：空。

4.三顾：指刘备三顾茅庐。

5.两朝：刘备、刘禅父子两朝。

6.开济：指帮助刘备开国和辅佐刘禅继位。

【韵译】

何处去寻找武侯诸葛亮的祠堂？

在成都城外那柏树茂密的地方。

碧草照映台阶呈现自然的春色，

树上的黄鹂隔枝空对婉转鸣唱。

定夺天下先主曾三顾茅庐拜访，

辅佐两朝开国与继业忠诚满腔。

可惜出师伐魏未捷而病亡军中，

长使历代英雄们对此涕泪满裳！

【评析】

上元元年(760)春,诗人由秦州漂泊到成都,耕读浣花溪畔。成都是当年蜀汉建都的地方,城西北有诸葛亮庙,称武侯祠。诗人寻幽凭吊,写下这首七律《蜀相》,抒发对这位伟大政治家的才智品德的崇敬和功业未遂的感慨。全诗融情、景、议于一炉,既有对历史的评说,又有现实的寓托,在历代咏赞诸葛亮的诗篇中,堪称绝唱。

古典诗歌中常以问答起句,突出感情的起伏不平。这首诗的首联也是如此。"丞相祠堂何处寻,锦官城外柏森森。"一问一答,一开始就形成浓重的感情氛围,笼罩全篇。上句"丞相祠堂"直切题意,语意亲切而又饱含崇敬。"何处寻",不疑而问,加强语势,并非到哪里去寻找的意思。诸葛亮在历史上颇受人民爱戴,尤其在四川成都,祭祀他的庙宇很容易找到。"寻"字之妙在于它刻画出诗人那追慕先贤的执着感情和虔诚造谒的悠悠我思。下句"锦官城外柏森森",指出诗人凭吊的是成都郊外的武侯祠。这里柏树成荫,高大茂密,呈现出一派静谧肃穆的气氛。柏树生命长久,常年不凋,高大挺拔,有象征意义,常被用作祠庙中的观赏树木。作者抓住武侯祠的这一景物,展现出柏树那伟岸、葱郁、苍劲、朴质的形象特征,使人联想到诸葛亮的精神,不禁肃然起敬。接着展现在读者面前的是茵茵春草,铺展到石阶之下,映现出一片绿色;只只黄莺,在林叶之间穿行,发出婉转清脆的叫声。

第二联"映阶碧草自春色,隔叶黄鹂空好音"所描绘的这些景物,色彩鲜明,音韵清亮,静动相衬,恬淡自然,无限美妙地表现出武侯祠那春意盎然的景象。然而,自然界的春天来了,祖国的希望又在哪里呢?想到这里,不免又产生了一种哀愁怅惘的感觉,因此说是"自春色"、"空好音"。"自"和"空"互文,刻画出一种静态和静境。诗人将自己的主观情意渗进了客观景物之中,使景中生意,把自己内心的忧伤从景物描写中传达出来,反映出诗人忧国忧民的爱国精神。透过这种爱国思想的折射,诗人眼中的诸葛亮形象就更加光彩照人。

第三联浓墨重彩,高度概括了诸葛亮的一生。上句写出山之前,刘备三顾茅庐,诸葛亮隆中对策,指出诸葛亮在当时就能预见魏蜀吴鼎足三分的政治形势,并为刘备制定了一整套统一国家之策,足见其济世雄才。下句写出山之后,诸葛亮辅助刘备开创蜀汉,匡扶刘禅,颂扬他为国呕心沥血的耿耿忠心。两句十四个字,将人们带到战乱不已的三国时代,在广阔的历史背景下,刻画出一位忠君爱国、济世扶危的贤相形象。此时,安史之乱尚未平定,国家分崩离析,人民流离失所,使诗人忧心如焚。他渴望能有忠臣贤相匡扶社稷,整顿乾坤,恢复国家的和平统一。正是这种忧国思想凝聚成诗人对诸葛亮的敬慕之情;在这一历史人物身上,诗人寄托自己对国家命运的美好憧憬。诗的最后一联"出师未捷身先死,长使英雄泪满襟",咏叹了诸葛亮病死军中功业未成的历史不幸。诸葛亮赍志而殁的悲剧性结局无疑又是一曲生命的赞歌,他以行动实践了"鞠躬尽瘁,死而后已"的誓言,使这位古代杰出政治家的精神境界得到了进一步的升华,产生使人奋发兴起的力量。

总的说来,这首诗分两部分,前四句凭吊丞相祠堂,从景物描写中感怀现实,透露出诗人忧国忧民之心;后四句咏叹丞相才德,从历史追忆中缅怀先贤，又蕴含着诗人对祖国命运的许多期盼与憧憬。全诗蕴藉深厚，寄托遥深，造成深沉悲凉的意境。

在艺术表现上，设问自答，以实写虚，情景交融，叙议结合，结构起承转合、层次波澜，又有炼字琢句、音调和谐的语言魅力，使人一唱三叹，余味不绝。称杜诗"沉郁顿挫"，《蜀相》就是典型代表。

诗仙故友入诗行

春日忆李白

杜 甫

白也诗无敌，飘然思不群。

清新庾开府，俊逸鲍参军。

渭北春天树，江东日暮云。

何时一樽酒，重与细论文。

杜甫同李白的友谊，首先是从诗歌上结成的。这首怀念李白的五律，是天宝五载（746）或六载（747）春杜甫居长安时所作，主要就是从这方面来落笔的。开头四句，一气贯注，都是对李白诗的热烈赞美。首句称赞他的诗冠绝当代。第二句是对上句的说明，是说他之所以"诗无敌"，就在于他思想情趣，卓异不凡，因而写出的诗，出尘拔俗，无人可比。接着赞美李白的诗像庾信那样清新，像鲍照那样俊逸。庾信、鲍照都是南北朝时的著名诗人。庾信在北周官至骠骑大将军、开府仪同三司（司马、司徒、司空），世称庾开府。鲍照刘宋时任荆州前军参军，世称鲍参军。这四句，笔力峻拔，热情洋溢，首联的"也"、"然"两个语助词，既加强了赞美的语气，又加重了"诗无敌"、"思不群"的分量。

对李白奇伟瑰丽的诗篇，杜甫在题赠或怀念李白的诗中，总是赞扬备至。从此诗坦荡直率的赞语中，也可以看出杜甫对李白诗是何等钦仰。这不仅表达了他对李白诗的无比喜爱，也体现了他们的诚挚友谊。

清代杨伦评此诗说："首句自是阅尽甘苦上下古今，甘心让一头地语。窃谓古今诗人，举不能出杜之范围；唯太白天才超逸绝尘，杜所不能压倒，故尤心服，往往形之篇什也。"这四句是因忆其人而忆及其诗，赞诗亦即忆人。但作者并不明说此意，而是通过第三联写离情，自然补明。这样处理，不但简洁，还可避免平铺直叙，而使诗意前后勾联，曲折变化。

　　表面看来，第三联两句只是写了作者和李白各自所在之景。"渭北"指杜甫所在的长安一带；"江东"指李白正在漫游的江浙一带地方。"春天树"和"日暮云"都只是平实叙出，未作任何修饰描绘。分开来看，两句都很一般，并没什么奇特之处。然而作者把它们组织在一联之中，却自然有了一种奇妙的紧密的联系。也就是说，当作者在渭北思念江东的李白之时，也正是李白在江东思念渭北的作者之时；而作者遥望南天，唯见天边的云彩，李白翘首北国，惟见远处的树色，又自然见出两人的离别之恨，好像"春树"、"暮云"，也带着深重的离情。故而清代黄生说："五句寓言己忆彼，六句悬度彼忆己。"这两句诗，牵连着双方同样的无限情思。回忆在一起时的种种美好时光，悬揣两人分别后的情形和此时的种种情状，这当中该有多么丰富的内容。这两句，看似平淡，实则每个字都千锤百炼；语言非常朴素，含蕴却极丰富，是历来传颂的名句。清代沈德潜称它"写景而离情自见"（《唐诗别裁》），明代王嗣奭《杜臆》引王慎中语誉为"淡中之工"，都极为赞赏。

　　上面将离情写得极深极浓，这就自然引出了末联的热切希望：什么时候才能再次欢聚，像过去那样，把酒论诗啊！把酒论诗，这是作者最难忘怀、最为向往的事，以此作结，正与诗的开头呼应。言"重与"，是说过去曾经如此，这就使眼前不得重晤的怅恨更为悠远，加深了对友人的怀念。用"何时"作诘问语气，把希望早日重聚的愿望表达得更加强烈，使结尾余意不尽，令人读完全诗，心中犹回荡着作者的无限思情。

　　清代浦起龙说："此篇纯于诗学结契上立意。"（《读杜心解》）确实道出这首诗内容和结构上的特点。全诗以赞诗起，以"论文"结，由诗转到人，由人又回到诗，转折过渡，极其自然，通篇始终贯穿着一个"忆"字，把对人和对诗的倾慕怀念，结合得水乳交融。以景寓情的手法，更是出神入化，把作者的思念之情，写得深厚无比，情韵绵绵。

全唐七律压卷诗

登 高

杜 甫

风急天高猿啸哀，渚清沙白鸟飞回。

无边落木萧萧下，不尽长江滚滚来。

万里悲秋常作客，百年多病独登台。

艰难苦恨繁霜鬓，潦倒新停浊酒杯。

【注解】

1.渚：水中的小洲。

2.回：回旋。

3.百年：犹言一生。

4.潦倒：犹言困顿，衰颓。

5.新停：这时杜甫正因病戒酒。

【评析】

这首诗是大历二年（767）年杜甫在夔州时所作。萧瑟的秋天，在诗人的笔下被写得有声有色，而引发出来的感慨更是动人心弦。这不仅由于写了自然的秋，更由于诗人对人生之秋所描绘的强烈的感情色彩。领联状景逼真，是后人传诵的名句。颈联两句，十四个字包含了多层含意，备述了人生的苦况，更令人寄予强烈的同情。

古人有农历九月九日登高的习俗，这首诗就是唐代宗大历二年（767）的重阳节时诗人登高抒怀之作。此时杜甫寓居长江畔的夔州（今四川省奉节县），患有严重的肺病，生活也很困顿。全诗通过对凄清的秋景的描写，抒发了诗人年迈多病、感时伤世和寄寓异乡的悲苦。

诗篇前四句描写登高闻见之景。首联连借风、天、猿、渚、沙、鸟六种景物，并以急、高、哀、清、白、飞等词修饰，指明了节序和环境，渲染了浓郁的秋意，风物具有鲜明的夔州地区特征。这两句不仅是工对的联语，而且句中自对，如"天高"对"风急"，"沙白"对"渚清"。句法严谨，语言锤炼，素来被视为佳句。颔联前句写山，上承首句；后句写水，上承次句。写山为远望，写水为俯瞰。落木而说"萧萧"，并以"无边"修饰，如闻秋风萧瑟，如见败叶纷扬；长江而说"滚滚"，并用"不尽"一词领起，如闻滚滚涛声，如见湍湍水势。两句诗，无论是描摹形态，还是形容气势，都极为生动传神。从萧瑟的景物和深远的意境中，可以体察出诗人壮志难酬的感慨之情和悲凉心境。诗篇后四句抒发登高所生之慨。颈联上句写羁旅之愁。"常作客"，表明诗人多年漂泊不定的处境；"万里"，说明夔州距离家乡非常遥远，是从距离上渲染愁苦之深；"悲秋"，又是从时令上烘托悲哀之重，"秋"字是在前两联写足秋意后，顺势带出，并应合着"登高"的节候。下句写孤病之态。"百年"，犹言一生；"百年多病"，迟暮之年百病缠身，痛苦之情可想而知；"独"字，写出举目无亲的孤独感；"登台"二字是明点题面，情才因景而生。这两句词意精炼，含意极为丰富，叙述自己远离故乡，长期漂泊，而暮年多病，举目无亲，秋季独自登高，不禁满怀愁绪。尾联进一步写国势艰危，仕途坎坷，年迈和忧愁引得须发皆白；而因疾病缠身，新来戒酒，所以虽有万般愁绪，也无以排遣。古人重阳节登高照例是要饮酒的，而诗人连这点欢乐也失去了。这一联分承五六句："艰难"备尝是因"常作客"所致；"潦倒"日甚又是"多病"的结果。诗前半写景，后半抒情，在写法上各有错综之妙。首联着重刻画眼前具体景物，好比画家的工笔，形、声、色、态，一一得到表现。次联着重渲染整个秋天气氛，好比画家的写意，只宜传神会意，让读者用想象补充。三联表现感情,从纵(时间)、横(空间)两方面着笔,由异乡飘泊写到多病残生。四联又从白发日多,护病断饮,归结到时世艰难是潦倒不堪的根源。这样,杜甫忧国伤时的情操,便跃然纸上。

此诗八句皆对。粗略一看,首尾好像"未尝有对",胸腹好像"无意于对",细细体味,"一篇之中,句句皆律,一句之中,字字皆律",无怪乎胡应麟盛誉其为"旷代之作",清代杨论推崇此诗为"杜集七言律诗第一"

八月风高过茅庐

茅屋为秋风所破歌

杜 甫

八月秋高风怒号,卷我屋上三重茅。

茅飞渡江洒江郊,高者挂罥长林梢,

下者飘转沉塘坳。南村群童欺我老无力,

忍能对面为盗贼,公然抱茅入竹去。

唇焦口燥呼不得,归来倚杖自叹息。

俄顷风定云墨色,秋天漠漠向昏黑。

布衾多年冷似铁,娇儿恶卧踏里裂。

床头屋漏无干处,雨脚如麻未断绝。

自经丧乱少睡眠,长夜沾湿何由彻。

安得广厦千万间,大庇天下寒士俱欢颜,

风雨不动安如山。

呜呼!何时眼前突兀见此屋,吾庐独破受冻死亦足!

【评析】

上元二年(761)的春天,杜甫求亲告友,在成都浣花溪边盖起了一座茅屋,总算有了一个栖身之所。不料到了八月,大风破屋,大雨又接踵而至。诗人长夜难眠,感慨万千,写下了这篇脍炙人口的诗篇。诗写的是自己的数间茅屋,表现的却是忧国忧民的情感。

这首诗可分为四节。第一节五句,句句押韵,"号"、"茅"、"郊"、"梢"、"坳"五个开口呼的平声韵脚传来阵阵风声。"八月秋高风怒号,卷我屋上三重茅"起势迅猛。"风怒号"三字,音响宏大,读之如闻秋风咆哮。一个"怒"字,把秋风拟人化,从而使下一句不仅富有动作性,而且富有浓烈的感情色彩。诗人好容易盖了这座茅屋,刚刚定居下来,秋风却故意同他作对似的,怒吼而来,卷起层层茅草,怎能不使诗人万分焦急?"茅飞渡江

洒江郊"的"飞"字紧承上句的"卷"字,"卷"起的茅草没有落在屋旁,却随风"飞"走,"飞"过江去,然后分散地、雨点似地"洒"在"江郊":"高者挂罥长林梢",很难弄下来;"下者飘转沉塘坳",也很难收回来。"卷"、"飞"、"渡"、"洒"、"挂罥"、"飘转",一个接一个的动态不仅组成一幅幅鲜明的图画,而且紧紧地牵动诗人的视线,拨动诗人的心弦。诗人的高明之处在于他并没有抽象地抒情达意,而是寓情意于客观描写之中。我们读这几句诗,分明看见一个衣衫单薄、破旧的干瘦老人拄着拐杖,立在屋外,眼巴巴地望着怒吼的秋风把他屋上的茅草一层又一层地卷了起来,吹过江去,稀里哗啦地洒在江郊的各处;而他对大风破屋的焦灼和怨愤之情,也不能不激起我们心灵上的共鸣。

第二节五句。这是前一节的发展,也是对前一节的补充。前节写"洒江郊"的茅草无法收回。是不是还有落在平地上可以收回的呢?有的,然而却被"南村群童"抱跑了!"欺我老无力"五字宜着眼。如果诗人不是"老无力",而是年当壮健有气力,自然不会受这样的欺侮。"忍能对

面为盗贼",意谓竟然忍心在"我"的眼前做盗贼！这不过是表现了诗人因"老无力"而受欺侮的愤懑心情而已,决不是真的给"群童"加上"盗贼"的罪名,要告到官府里去办罪。所以,"唇焦口燥呼不得",也就无可奈何了。用诗人《又呈吴郎》一诗中的话说,这正是"不为困穷宁有此"！诗人如果不是十分困穷,就不会对大风刮走茅草那么心急如焚;"群童"如果不是十分困穷,也不会冒着狂风抱那些并不值钱的茅草。这一切,都是结尾的伏线。"安得广厦千万间,大庇天下寒士俱欢颜"的崇高愿望,正是从"四海困穷"的现实基础上产生出来的。

"归来倚杖自叹息"总收一、二两节。诗人大约是一听到北风狂叫,就担心盖得不够结实的茅屋发生危险,因而就拄杖出门,直到风吹屋破,茅草无法收回,这才无可奈何地走回家中。"倚杖",当然又与"老无力"照应。"自叹息"中的"自"字,下得很沉痛！诗人如此不幸的遭遇只有自己叹息,未引起别人的同情和帮助,则世风的凉薄,就意在言外了,因而他"叹息"的内容,也就十分深广！当他自己风吹屋破,无处安身,得不到别人的同情和帮助的时候,分明联想到类似处境的无数穷人。

第三节八句,写屋破又遭连夜雨的苦况。"俄顷风定云墨色,秋天漠漠向昏黑"两句,用饱蘸浓墨的大笔渲染出暗淡愁惨的氛围,从而烘托出诗人暗淡愁惨的心境,而密集的雨点即将从漠漠的秋空洒向地面,已在预料之中。"布衾多年冷似铁,娇儿恶卧踏里裂"两句,没有穷困生活体验的作者是写不出来的。值得注意的是这不仅是写布被又旧又破,而是为下文写屋破漏雨蓄势。成都的八月,天气并不"冷",正由于"床头屋漏无干处,雨脚如麻未断绝",所以才感到冷。"自经丧乱少睡眠,长夜沾湿何由彻"两句,一纵一收。一纵,从眼前的处境扩展到安史之乱以来的种种痛苦经历,从风雨飘摇中的茅屋扩展到战乱频仍、残破不堪的国家;一收,又回到"长夜沾湿"的现实。忧国忧民,加上"长夜沾湿",怎能入睡呢？"何由彻"和前面的"未断绝"照应,表现了诗人既盼雨停,又盼天亮的迫切心情。而这种心情，又是屋破漏雨、布衾似铁的艰苦处境激发出来的。于是由个人的艰苦处境联想到其他人的类似处境，水到渠成，自然而然地过渡到全诗的结尾。

"安得广厦千万间，大庇天下寒士俱欢颜，风雨不动安如山"，前后用七字句，中间用九字句，句句蝉联而下，而表现阔大境界和愉快情感的词语，如"广厦"、"千万间"、"大庇"、"天下"、"欢颜"、"安如山"等等，又声音洪亮，从而构成了铿锵有力的节奏和奔腾前进的气势，恰切地表现了诗人从"床头屋漏无干处"、"长夜沾湿何由彻"的痛苦生活体验中迸发出来的奔放的激情和火热的希望。这种奔放的激情和火热的希望，咏歌之不足，故嗟叹之，"呜呼！何时眼前突兀见此屋，吾庐独破受冻死亦足！"诗人的博大胸襟和崇高理想，至此表现得淋漓尽致。

别林斯基曾说："任何一个诗人也不能由于他自己和靠描写他自己而显得伟大，不论是描写他本身的痛苦，或者描写他本身的幸福。任何伟大诗人之所以伟大，是因为他们的痛苦和幸福的根深深地伸进了社会和历史的土壤里，因为他是社会、时代、人类的器官和代表。"杜甫在这首诗里描写了他本身的痛苦，但当我们读完最后一节的时候，就知道他不是孤立地、单纯地描写他本身的痛苦，而是通过描写他本身的痛苦来表现"天下寒士"的痛苦，来表现社会的苦难、时代的苦难。如果说读到"归来倚杖自叹息"的时候对他"叹息"的内容还理解不深的话，那么读到"呜呼！何时眼前突兀见此屋，吾庐独破受冻死亦足"，总该看出他并不是仅仅因为自身的不幸遭遇而哀叹、而失眠、而大声疾呼吧！在狂风猛雨无情袭击的秋夜，诗人脑海里翻腾的不仅是"吾庐独破"，而且是"天下寒士"的茅屋俱破……杜甫这种炽热的忧国忧民的情感和迫切要求变革黑暗现实的崇高理想，千百年来一直激动读者的心灵，并产生过积极的作用。

江枫渔火照离心

枫桥夜泊

张 继

月落乌啼霜满天,江枫渔火对愁眠。

姑苏城外寒山寺,夜半钟声到客船。

月亮落了,乌鸦啼叫,寒霜仿佛挂了满天;江边的枫,渔家的火,相对亦在愁眠。姑苏城外,寒山寺里,钟声悠然传远;夜泊船上,可怜孤客,听来更忆家山。

第一句月落乌啼如前文所述,"霜满天"三字则颇费解。霜是凝结在地上的,怎么能凝结在天上呢?这种说法实在是不合情理的。但是,请记住,这是在作诗,是写入眼里的景物。眼中观物,必然带着主观的色彩,甚至带着错觉,也是常事。此处"霜满天"有两层意思:一是月光本身则如霜一般,见前文李白《静夜思》所说"疑是地上霜"可证。二是,此时正值秋季,可能秋霜满地。但这满地的秋霜与满天的月色混杂一起,似乎满天满地都是霜,准确说是"满眼霜"。而作者眼睛又是向上看的,于是索性写作"霜满天","江枫渔火对愁眠"有两种解释:一是江枫与渔火对着"我"这个"愁眠"的人,也就是对着不能入睡的"我"。二是江枫与渔火相对而同时坠入愁眠的状态。看来似乎第二种说法更入情理。这里的江枫是指秋季江边红了的枫树;这里的渔火是指船上渔家夜里的灯火。二者都在深夜里带着入眠的气息,又遥遥相对,形成"对愁眠"的景况。而这种"对愁眠"的两种景物(渔火之眠实则是写渔家之眠)与"我"的不眠正好形成鲜明的对照。因为这两件相对而愁眠的东西均在"我"的眼里,所以下面引出三、四句:"姑苏城外寒山寺,夜半钟声到客船。"这时"我"才出场,是在聆听着"夜半钟声"时才有所感悟的。这后两句与前两句相映衬,显得格外有意蕴。"我"身在"客船"之上,显然是抛别家乡的天涯孤旅。而"我"又住在船上，显然是环境艰苦的(注意：这是"客船"，不是渔火所在的渔家的渔船)。前文提到江枫渔火，渔船上的人家虽然住在船上，但那船上就是他们的家。我也住在船上，却仍是天涯孤旅。此时钟声又从寒山寺传来，这是夜半报时的钟声。寒山寺里的和尚都有栖身之地，这钟声好像是在提醒我，夜半更深了，是该回家的时候了，可是我怎么能回到家乡呢？

合封是否又开封

秋 思

张 籍

洛阳城里见秋风，欲作家书意万重。

复恐匆匆说不尽，行人临发又开封。

　　这是一首记事小诗，也是一首抒情小诗。或者说诗人以对生活中一个细节的描述，抒发了思乡念土之情。张籍的家乡是在吴郡(今江苏苏州市)，作官是在长安，此诗作于洛阳，则诗人思家与思乡的心情同时并作，心情更为浓重。此诗中写的就是这样一种心境。此诗标题叫《秋思》。这"秋思"二字的意思就是"秋日乡思"。秋日草木凋零，风悲云淡，万物萧瑟，更容易惹起思乡之情。只有在这种心境下，诗人才写出"洛阳城里见秋风"这样一句情感深沉的诗句。这个"见"字是诗人所怕的，正是所谓"怕见秋风，又见秋风，落叶飞花卷地空"这样的心境。可见，这个"见"字正是"诗眼"。此时是有一个人要回到家乡去，这就是诗中所说的行人，诗人托他捎去一封家信。于是下一句写道："欲寄家书意万重"。这里的"书"就是信的意思。拿起笔来写信，千言万语涌到笔端，却总是不知从哪里说起，这是人人都有的感受，何况捎书人等在那里，匆匆忙忙之间更不能细细思考——信是匆匆写成了，也上了"封"。但到捎信人要走之际，"复恐匆匆说不尽"，又恐怕刚才匆匆忙忙地写不全要说的意思，于是"行人临发又开封",又把信上的"封"打开,再看一遍,是否还有再要填进去的话。那么,这要填进去的话是什么话呢? 是说事情的话呢? 还是表述感情的话呢? 我们断定,必是后者,而不是前者。如果打开信封之后,填进去一句嘱咐家人买房置地的话,那么,此诗就一点诗意也没有了。这首诗的特点是:诗人抓住生活中一个小小的细节(临发又开封)表述了极为复杂的思乡心境,这是此诗的灵感所在。作诗作文(包括青少年朋友们读书或语文课堂的作文在内),有一个很重要的道理应该特别注意,就是要想写出好诗或好文章,必须时时留意日常生活中的许多细节,尤其是这些生活细节在头脑中引起的那种一闪即逝的想法,你如果抓住它,加工润色,必有好诗好文。这是作诗作文的一个妙法。

不过,倘若我们是诗中的"行人",我们要问,诗人开了"封"之后,再合了"封",是否还会有"匆匆说不尽"之"恐"而又要"开封"呢?

竹枝一曲半天晴

竹枝词

刘禹锡

杨柳青青江水平,闻郎江上唱歌声。

东边日出西边雨,道是无晴却有晴。

这是一篇民歌式的,意趣盎然的情歌。竹枝词,也叫竹枝、竹枝曲、竹枝歌。竹枝本是乐府"近代体"的一种。本来是巴渝(今四川东部)一带的民歌。刘禹锡等人据此改作新词,歌咏三峡风光及男女恋情,后盛行于世。后来流传到各地,形成所谓"秦淮竹枝"、"西湖竹枝"、"苏台竹枝"等,影响颇大。单由这种诗体从民歌转入文人诗的过程看,刘禹锡的十来篇《竹枝词》就具有历史意义。唐宋时代,有专门唱竹枝歌的女歌手,称"竹枝娘",可见其流传之盛。宋人谢伯初诗:"下国难留金马客,新诗传与竹枝娘。"(见欧阳修《六一诗话》)中国历代都有男女对歌的习俗,是青年男女表述情怀的一种方式。这首诗的抒情主人公是一位女子，看来她对船上的那位"郎"心中颇有点儿念头。此诗便是诗人借她的口讴歌出来的。"杨柳青青江水平，闻郎江上唱歌声。"第一句写景，景致开阔而宁静，正是对唱山歌的好地方。踏歌，是一种"连手而歌，踏地为节"的演唱方式。但是，由于男女对歌者往往是互不相识的，于是对歌时唱词的意思都不是很直白的，以免唐突，而是比较隐晦的。一般是歌咏一种自然物，比如花鸟鱼虫之类，或是打一个比喻，暗示心中的意思。此时，船上的那个"郎"，必也是踏着这样的歌，非但我们不知道他唱的什么，就是岸边的那个女子心中也是半明白半糊涂的。所以她满心狐疑，极力揣度，想弄个明白——明白什么呢？无非是要知道这位"郎"的心里对她是有情还是无情。当然，她是一个女子，更不能直接唱出心里的狐疑之意。她的聪明就在这里，而且还是够大胆的了，脱口唱出"东边日出西边雨，道是无晴却有晴。"半雨半霁的天空启迪了她的灵感，东边太阳出来了，西边还在下雨，你要说无晴(情)却有晴(情)。这里巧妙地借用了"晴"与"情"二字的谐音，起到了一语双关的作用。一是，这歌声唱出去是对那位船上的"郎"的一种试探，探一探他那一半是阴还是晴(是有情还是无情)；二是岸上的少女借此表白了自己的心曲，你那一边是阴是晴(有情无情)我虽不知道，但我这一边却是"有晴(情)"的。在封建时代，这样的聪明而大胆的少女是极为少见的。

竹枝词九首(其二)

山桃红花满上头，蜀江春水拍山流。

花红易衰似郎意，水流无限似侬愁。

这首《竹枝词》含意宛转，清新活泼，音节和谐，语语可歌。特别是把比兴糅而为一，此诗兴中有比，比中有兴，颇富情韵。

诗中刻画了一个热恋中的农家少女形象。恋爱给她带来了幸福，也带来了忧愁。当她看到眼前的自然景象的时候，这种藏在心头的感情顿被触发,因而托物起兴:"山桃红花满上头,蜀江春水拍山流",描绘出一幅山恋水依的图画。山桃遍布山头,一个"满"字,表现了山桃之多和花开之盛。一眼望去,山头红遍,像一团火在烧,给人以热烈的感觉。而山下呢,一江春水拍山流过,一个"拍"字,写出了水对山的依恋。这两句写景,却又不单纯写景,景中蕴含着女主人公复杂的情意。

但这种托物起兴,用意隐微,不易看出,于是诗人又在兴的基础上进而设喻,使这种情意由隐而显。"花红易衰似郎意,水流无限似侬愁",让女主人公对景抒情,直接吐露热恋中少女的心绪。"花红易衰似郎意"照应第一句,写她的担心。一个"红"字,说明鲜花盛开,正如小伙子那颗热烈的心,让人高兴;但小伙子的爱情是否也像这红花一样易谢呢?"水流无限似侬愁",照应第二句,写少女的烦忧。既相恋,又怕他变心,这一缕淡淡的清愁,就像这绕山流淌的蜀江水一样,无尽无休。

诗所表现的是初恋少女微妙、细腻而又复杂的心理,十分传神。

诗的格调也明朗、自然,就像所描绘的红花绿水一样明媚动人。而诗的情境的创造、人物思想感情的表达,却恰恰是靠了这个最明显、最巧妙的方法——比兴。

竹枝词九首(其七)

瞿塘嘈嘈十二滩,人言道路古来难。

长恨人心不如水,等闲平地起波澜。

这是《竹枝词九首》的第七首。诗从瞿塘峡的艰险借景起兴,引出对世态人情的感慨。

瞿塘峡是长江三峡之一,两岸连山,水流急湍,形势最为险要,古有"瞿塘天下险"之称。峡中尤多礁石险滩,峡口有"滟滪堆",就是一巨大石滩。"瞿塘嘈嘈十二滩,人言道路古来难",就描绘出瞿塘峡的这种险阻形势。"嘈嘈",流水下滩发出的嘈杂声。"十二滩",并非确数,犹言险滩之多,其险绝情况也就可以想见了。

面临着惊涛拍岸、险阻重重的瞿塘峡,诗人不禁由江峡之险联想到当时的世态人情:"常恨人心不如水,等闲平地起波澜。"瞿塘峡之所以险,是因为水中有道道险滩,而人间世道"等闲平地"也会起波澜,岂不令人防不胜防?真是"人心"比瞿塘峡水还要凶险。这是诗人发自内心的感慨之言。刘禹锡参加永贞改革失败以后,屡受小人诬陷、权贵打击,两次被放逐,达二十三年之久。痛苦的遭遇,使他深感世路维艰,凶险异常,故有此愤世嫉俗之言。长恨,显示出长期埋在诗人心中的,对那些惯于兴风作浪、无事生非、陷害无辜的无耻之徒的无比忿恨。说瞿塘之险用"人言"提起,意为尽人皆知;叹人心之险则用"长恨"领出,主语是诗人自己,点出自己在现实的经历和体察中悟出的人情世态,并且明确表示了自己对它的态度。两句之间有转折,也有深入,以瞿塘喻人心之险,在人之言与我之恨之间过渡,命意精警,比喻巧妙,使抽象的道理具体化,从而给人以深刻的感受。

竹枝词九首(其九)

山上层层桃李花,云间烟火是人家。

银钏金钗来负水,长刀短笠去烧畬。

这首诗是一幅巴东山区人民生活的风俗画。它不是一般的模山范水,不是着力于表现山水的容态精神,而是从中发掘出一种比自然美更为可贵的劳动的美、创造力的美。

"山上层层桃李花,云间烟火是人家。"开头用一个"山"字领起,一下子把诗人面对春山、观赏山景的形象勾画出来了。俗谚说:"桃花开,李花败。"一般是李花先开,桃花后开。现在桃花、李花同时盛开,这是山地气候不齐所特有的景象。"层层"状桃李花的繁茂与普遍。此山彼山,触处皆是。那种色彩绚烂、满山飘香的景象可以想见。次句由景及人。"云间"形容山顶之高。诗人遥望山顶,在花木掩映之中,升起了袅袅的炊烟。他推断,这一定是村民聚居之处。"是人家"三字是诗人注意力的归着点。"是"字下得醒豁,表明诗人探寻的目光越过满山的桃李,透过山顶的云雾，终于找到了绣出这满山春色的主人的所在，美是由人创造的。山美，花木美，都来自山村居民的劳动之美。以下即转为富有地方色彩的山村居民的劳动场景的描画。

"银钏金钗来负水，长刀短笠去烧畲。"两句写山村居民热气腾腾的劳动生活。挎着长刀、戴着短笠的男人们根据传统的办法前去放火烧荒，准备播种；戴着饰物的青年妇女们下山担水，准备做饭。在这里，作者运用了两种修辞手法。一、借代。用"银钏金钗"借代青年妇女，用"长刀短笠"借代壮年男子，正好捕捉了山民男女形象的特征，具有浓厚的地方色彩。二、对仗。不仅上下两句相对，而且还采用了句中自为对（即当句对）的办法，把语言锤打得十分凝炼。

全诗短短四句，每句一景，犹如四幅画图，孤立起来看，有其相对的独立性，合起来看，恰好构成一个完满的艺术整体。由满山的桃李花引出山村人家，又由山村人家引出劳动男女戮力春耕的情景，全诗至此戛然而止，而把妇女们负水对歌、烧畲时火光烛天以及秋后满山金黄等情景统统留给读者去想象，画面的转接与安排极有理致。诗中没有直接发出赞美，但那种与劳动生活的旋律十分合拍的轻快的节奏，那种着力描绘创造力之美的艺术构思，都隐隐透露出诗人欣喜愉快的心情和对劳动生活的赞叹。刘禹锡贬谪巴山楚水之时，接近了人民。南国的风土人情，激荡了他的诗情，丰富和提高了他的艺术情趣，使他在美的探索中扩大了视野，在审美鉴赏力和表现力方面，都有了新的突破。

曲罢前朝唱柳枝

杨柳枝词（其一）

刘禹锡

塞北梅花羌笛吹，淮南桂树小山词。

请君莫奏前朝曲，听唱新翻《杨柳枝》。

刘禹锡的《杨柳枝词》共九首,此其第一首。《杨柳枝词》,亦称《杨柳枝》,又称《杨柳曲》,是乐府曲名。《汉乐府》中称《折杨柳》、《折柳曲》、《折杨柳歌辞》等。此曲至唐代,白居易、刘禹锡等人以旧曲作词,翻为新声(意为对曲词作了改造),称《杨柳枝》,是当时流行的新歌,与《竹枝词》齐名,多以民歌情调为基础,翻出新意,创制新声。

　　"塞北梅花羌笛吹"一句,梅花即笛曲《梅花落(lào)》(见本书《何来五月落梅花》一章)。从汉代乐府所存留至唐代《大单于》、《小单于》之类的曲调分析,可能是塞北地方曲调。羌笛是笛的一种。但是,这种《梅花落》曲调在魏晋南北朝乃至隋唐时期一直流传不断,唐诗中就有许多与《梅花落》有关的诗作。比如隋代诗人江总的诗:"长安少年多轻薄,两两常唱《梅花落》。"又有李白的"江城五月落梅花"(见本书《何来五月落梅花》一章)。这就是说,《梅花落》这个曲子从汉代到唐代人们一直在翻用。"淮南桂树小山词"一句,也是取自一篇诗。这篇诗更为久远。淮南,指汉代淮南王刘安。《楚辞》中有一篇诗名叫《招隐士》,据说是悼念屈原之作。东汉王逸是研究《楚辞》的第一大家,他说:"《招隐士》者,淮南小山之所作也。"从这句话看,"小山"似乎是一个人,而且就是《招隐士》这篇赋的作者。但是同一段文章中,王逸又说:"……或称小山,或称大山,其义犹《诗》之有《小雅》、《大雅》也。"这就是说,有人称为小山,有人称为大山,它的意思如同《诗经》分成《小雅》、《大雅》一样。所以,有人解释"小山"是一种文体,如《诗经》的《小雅》(见《汉语大词典》)。总之,这段话的意思是淮南王歌咏桂树的小山词,也如同《梅花落》一样,流传悠久。因为《招隐士》一诗的第一句就是:"桂树丛生兮山之幽",所以称其为"淮南桂树小山词"。《招隐士》与《梅花落》有相同之处:《梅花落》曲子唐代不少诗人沿袭使用;《招隐士》也有不少唐代诗人袭用。比如,白居易的"又送王孙去,萋萋满别情。"就是化用《招隐士》的句子:"王孙游兮不归,春草生兮萋萋。"还有王维的《送别》说:"春草年年绿,王孙归不归?"也是化用《招隐士》的句子。

现在,把上述资料比较分析并归纳一番,说明如下:上述说的是三个曲子:《杨柳枝》、《梅花落》、《招隐士》。三个曲子当中分两类:《杨柳枝》属第一类;《梅花落》、《招隐士》属第二类。两类有相同之处:都是古代流传下来的曲子;两类也有不同之处:《杨柳枝》经过了翻新,《梅花落》、《招隐士》未经过翻新,只是旧曲的沿用。这样,此诗的后两句自然而然地就明白了:"请君莫奏前朝曲,听唱新翻《杨柳枝》。"前朝曲指《梅花落》、《招隐士》等前朝遗留下来的曲子,这都不要再奏才好,最好是唱一唱"新翻《杨柳枝》"才是新鲜的曲子。这意思用我们今天的话说就是:一个时代有一个时代的歌曲,一个时代有一个时代的诗歌,文学艺术要坚持代代翻新,具有时代精神,而不应该一味坚持旧的曲子与文学形式。总之,概括起来就是两个字:"改革"。这里又分明不是单指诗歌曲调的改革,而且也指整个社会的改革。

金陵遗梦惹人思

乌衣巷

刘禹锡

朱雀桥边野草花,乌衣巷口夕阳斜。

旧时王谢堂前燕,飞入寻常百姓家。

古代诗人很喜欢怀古,怀古能阐发自己独到的感慨,借以讽刺和嗟叹现实的残酷和历史的变迁。这首诗就是一首十分有名的怀古诗。

这是刘禹锡《金陵五题》的第二首。乌衣巷地处金陵南门朱雀桥附近,为东晋王导、谢安等世家巨族聚居之处。头两句以此桥名、巷名为对,实在是妙手天成。妙对更妙在不落痕迹地融入了诗人对世界的感觉:夕阳西下,暮气逼人,在这种冷情调中,野草撒野地开花,似乎在以鲜丽的颜色和蓬勃的生机,反讽着世事的变迁。又似乎在以自由的生命,暗示着曾经繁华盖世的这片地方,已是门庭冷落,车马稀疏,荒草没径了。妙处是没有尽头的,因为妙处可以改变方向和方式,甚至把原先的妙处变作新的妙处的背景。诗人一点灵感,借一只燕子阅尽世事沧桑。晋朝傅咸《燕赋序》说:"有言燕今年巢此,明年故复来者。其将逝,剪爪识之。其后果至焉。"诗中正是抓住燕子有辨认和复归旧巢的本能,从有理中写出无理,从无理中隐含深理。四百年前王谢堂前的旧燕,不可能那么长寿、也不可能代代相续地飞回原来的地方。但诗可以凝缩时间,使不可能成为可能。它奇思独具地以一只燕子的飞翔,把王谢巨族聚居之处,及唐朝已变成平常百姓杂居之处,进行了超时空的叠印,从而对如此名门望族的烟消云散发出了充满命运感和废墟感的深长叹息。由此写成的诗句是千古名句,由此写出的燕子也是极有历史深度的千古名燕。这就难怪如《江南通志》所说,人们在乌衣巷上指认为王谢故居的厅堂匾额,题上"来燕"二字了。

历尽沧桑志气雄

酬乐天扬州初逢席上见赠

刘禹锡

巴山楚水凄凉地,二十三年弃置身。

怀旧空吟闻笛赋,到乡翻似烂柯人。

沉舟侧畔千帆过,病树前头万木春。

今日听君歌一曲,暂凭杯酒长精神。

《酬乐天扬州初逢席上见赠》是唐代刘禹锡创作的一首七言律诗。此诗作于唐敬宗宝历二年(826)在扬州与白居易相逢时。首联以伤感低沉的情调,回顾了诗人的贬谪生活。颔联借用典故暗示诗人被贬时间之长,表达了世态的变迁以及回归以后生疏而怅惘的心情。颈联,诗人把自己比作"沉舟"和"病树",意思是自己虽屡遭贬谪,新人辈出,却也令人欣慰,表现出他豁达的胸襟。尾联顺势点明了酬答的题意,表达了诗人重新投入生活的意愿及坚韧不拔的意志。

刘禹锡

【注解】

1. 酬:答谢,这里是以诗相答的意思。乐天:指白居易,他的字为乐天。见赠:送给(我)。2. 巴山楚水:古时四川东部属于巴国,湖南北部和湖北等地属于楚国。刘禹锡曾被贬到这些地方做官,所以用巴山楚水指诗人被贬之地。3. 二十三年:从唐顺宗永贞元年(805)刘禹锡被贬为连州刺史到写此诗时,共22个年头,因第二年才能回到京城,所以说23年。弃置身:指遭受贬谪的诗人自己。弃置:抛弃,搁置。4. 怀旧:怀念故友。吟:吟唱。闻笛赋:指西晋向秀的《思旧赋》。三国曹魏末年,向秀的朋友嵇康、吕安因不满司马氏篡权而被杀害。后来,向秀经过嵇康、吕安的旧居,听到邻人吹笛,勾起了对故人的怀念。序文中说:自己经过嵇康旧居,因写此赋追念他。刘禹锡借用这个典故怀念已死去的王叔文、柳宗元等人。5. 翻似:倒好像。翻:副词,反而。烂柯人:指晋人王质。相传晋人王质上山砍柴,看见两个童子下棋,就停下观看。等棋局终了,手中的斧把已经朽烂。回到村里,才知道已过了一百年,同代人都已经亡故。作者以此典故表达自己遭贬23年的感慨。刘禹锡也借这个故事表达世事沧桑,人事全非,暮年返乡恍如隔世的心情。6. 侧畔:旁边。7. 歌一曲:指白居易的《醉赠刘二十八使君》。8. 长(zhǎng)精神:振作精神。长:增长,振作。

巴山楚水一片荒远凄凉,二十三年来,我被朝廷抛弃在那里。回到家乡,熟悉的人都已逝去,只能吟着向秀闻笛时写的《思旧赋》来怀念他们,而自己也成了神话中那个烂掉了斧头的人,已无人相识,真令人恍如隔世啊。我如同一艘沉船,新贵们好比千帆竞渡,飞驰而过,又如一棵病树,眼前都是万木争春,生机盎然。今天听到你为我歌唱的那一曲,就凭借这杯美酒重新振作起精神吧。

【评析】

826年(唐敬宗宝历二年)刘禹锡被罢为和州刺史上任返回洛阳,同时白居易从苏州返洛阳,两位诗人在扬州相逢。盘桓半月,然后结伴北上。在扬州初逢时,白居易写了一首《醉赠刘二十八使君》送给刘禹锡。诗中云"为我引杯添酒饮,与君把箸击盘歌。诗称国手徒为尔,命压人头不奈何。举眼风光长寂寞,满朝官职独蹉跎。亦知合被才名折,二十三年折太多。"刘禹锡的这首诗就为酬答白居易,着重抒发这特定环境中的思想感情。

"乐天",白居易的表字。"见赠"指白居易赠给作者的诗。刘禹锡这首酬答诗,接过白诗的话头,着重抒写这特定环境中自己的感情。白的赠诗中,白居易对刘禹锡的遭遇无限感慨,最后两句说:"亦知合被才名折,二十三年折太多。"一方面感叹刘禹锡的不幸命运,另一方面又称赞了刘禹锡的才气与名望。大意是说:你该当遭到不幸,谁叫你的才名那么高呢!可是二十三年的不幸,未免过分了。这两句诗,在同情之中又包含着赞美,显得十分委婉。因为白居易在诗的末尾说到二十三年,所以刘禹锡在诗的开头就接着说:"巴山楚水凄凉地,二十三年弃置身。"自己谪居在巴山楚水这荒凉的地区,算来已经二十三年了。一来一往,显出朋友之间推心置腹的亲切关系。接着,诗人很自然地发出感慨道:"怀旧空吟闻笛赋,到乡翻似烂柯人。"说自己在外二十三年,如今回来,许多老朋友都已去世，只能徒然地吟诵"闻笛赋"表示悼念而已。此番回来恍如隔世，觉得人事全非，不再是旧日的光景了。后一句用王质烂柯的典故，既暗示了自己贬谪时间的长久，又表现了世态的变迁，以及回归之后生疏而怅惘的心情，含义十分丰富。

白居易的赠诗中有"举眼风光长寂寞，满朝官职独蹉跎"这样两句，意思是说同辈的人都升迁了，只有你在荒凉的地方寂寞地虚度了年华，颇为刘禹锡抱不平。对此，刘禹锡在酬诗中写道："沉舟侧畔千帆过，病树前头万木春。"刘禹锡以"沉舟"、"病树"比喻自己，固然感到惆怅，却又相当达观。沉舟侧畔，有千帆竞发；病树前头，正万木皆春。他从白诗中翻出这二句，反而劝慰白居易不必为自己的寂寞、蹉跎而忧伤，对世事的变迁和仕宦的升沉，表现出豁达的襟怀。这两句诗意又和白诗"命压人头不奈何"、"亦知合被才名折"相呼应，但其思想境界要比白诗高，意义也深刻得多了。二十三年的贬谪生活，并没有使他消沉颓唐。正像他在另外的诗里所写的"莫道桑榆晚，为霞尚满天"，他这棵病树仍然要重添精神，迎上春光。因为这两句诗形象生动，至今仍常常被人引用，并赋予它以新的意义，说明新事物必将取代旧事物。正因为"沉舟"这一联诗突然振起，一变前面伤感低沉的情调，尾联便顺势而下，写道："今日听君歌一曲，暂凭杯酒长精神。"点明了酬答白居易的题意。意思是说，今天听了你的诗歌不胜感慨，暂且借酒来振奋精神吧！刘禹锡在朋友的热情关怀下，表示要振作起来，重新投入到生活中去。表现出坚韧不拔的意志。诗情起伏跌宕，沉郁中见豪放，是酬赠诗中优秀之作。这首诗表现了作者对自己被贬谪遭弃置的无限心酸和愤懑不平的思想感情，也表现了诗人的坚定信念和乐观精神。

傲然于世讽世人

元和十年自朗州至京,戏赠看花诸君子

刘禹锡

紫陌红尘拂面来,无人不道看花回。

玄都观里桃千树,尽是刘郎去后栽。

中唐时期著名诗人刘禹锡,于永贞元年(805),即贞元二十一年,参加王叔文"永贞革新"政治运动,力谏唐顺宗李诵进行政治改革,与宦官、藩镇以及官僚豪族展开了一场激烈的斗争。失败以后,被贬为朗州司马。到了唐宪宗李纯元和十年(815),受皇帝诏命,刘禹锡和他同时被贬的柳宗元等人回到长安。这首诗,就是刘禹锡从朗州回到长安时所写的。诗人通过人们到玄都观中看花这样一件生活琐事,触景生情,借此讽刺了当朝新贵。

诗歌的首句"紫陌红尘拂面来",主要是写看花的盛况,表现出人物众多,来往繁忙的景象。诗人先从描绘京城的道路着笔,以路写人。"陌"本是田间小路,这里借用为"道路"。"紫陌"指路上的花草,其中"紫"代指草木;"红尘"指扬起的灰土。这一句的意思是说,一路上草木葱茏,尘土飞扬。诗人首先通过对路上扬起的尘土的描写,来衬托大道上人马之多、川流不息的盛况。次句"无人不道看花回",这一句写看花,点明京城大道尘土飞扬的原因。然而,诗人又不写去看花的人,而只写看花后回返的人。"无人不道"即没有人不说(好),即称赞意。这句的意思是说,返回的人没有不说好的。这里,诗人就用"无人不道"四字来形容人们看花得到心理的满足和精神的愉快,这样,暗示了玄都观桃花之繁荣美好。这里,诗人没有直接去描写花本身鲜艳动人,而只写看花的人为花所动,这不但照应了标题中"诸君子",而且把重点落在了写人上,

为后面抒情奠定基础。后两句"玄都观里桃千树，尽是刘郎去后栽"，诗人由物及人。为什么这么多人到玄都观？原来"玄都观里"中有"桃千树"。如此众多的桃树，却是诗人十年前离开长安后才栽上的。离开长安十年，栽上的桃树都长大了，并且春暖花开，桃树繁花似锦，游人如织。这就表明了诗人这次回到京城，看到的却是另外一番春色。

　　然而，诗歌总是言志抒情的。如果我们从诗歌的标题看，"戏赠"中的"戏"虽说有随意之意，但更为明显地是有"戏言"之意。对此，根据诗人当时的处境和不幸的政治遭遇，可以明显感觉到这首诗是有所寄托的，只不过是诗人用谐谑的形式而已。也就是常说的寓庄于谐之中。因此，根据前辈的分析，在诗歌中，所说的"桃千树"喻指十年以来由于投机取巧而在政治上越来越得意的新贵族。所谓的"看花人"喻指那些趋炎附势、攀高结贵之徒。同时，我们抓住这两个意象所蕴含的意义，再联系诗人在诗歌中描述的"人"（看花人）与"物"（桃树）之间的关系（人看花），也就不难理解，这一过程就是喻示了这些看花人为了富贵利禄，奔走权门的过程或者现实。对于这样的现实，诗人在最后两句"玄都观里桃千树，尽是刘郎去后栽"，言外义就是说这些新贵族们，你们有什么可以炫耀的，只不过是我被排挤出外以后被提拔起来的罢了。这里，我们要特别思考一个问题，即诗人为什么选择"桃花"这一意象。对此，我认为，整个作品是以物喻人，借景抒情的。而诗人选择"桃花"这一意象，首先，从自然规律来说，春去秋来，桃花总有盛开的时候，但也不免有衰败的时候，这是不以人的意志为转移的。其次，从其深层意义来说，桃花盛衰之变暗示政治风云也是千变万化，"三十年河东，三十年河西"嘛，谁能保证自己永远一帆风顺。这里，不但表现出诗人对人事变迁的理性认识，也表现出诗人对这些新贵族们报以轻蔑和讽刺，及其自己对改革的坚定的态度。这里，有诗人的诗歌《再游玄都观绝句并引》为证：全诗如下("引"略)：

> 百亩庭中半是苔，桃花净尽菜花开。
>
> 种桃道士归何处，前度刘郎今又来。

这是诗人第二次被贬谪后回到长安时写的。诗歌通过对玄都观盛衰变化的描写，表明了那些曾经红极一时的"桃花"，最终也没有逃过"桃花净尽"的命运，并豪迈地写下"前度刘郎今又来"这样的诗句。这就充分表现出诗人对那些新贵族的极度蔑视，也暗示了无论何种权势，在历史的长河中，只要违历史规律而动，最终会被历史淘汰。把两首不同时期、同一题材诗歌放在一起，不是就表明了那"无人不道"的"桃千树"不也"净尽菜花开"了吗？可以说，这是诗的语言、诗的情感、诗的形象化表述——含蓄蕴藉。

总之，这首诗歌形象生动，寓意深刻。诗人在描绘自然之景中，托物言志，借景抒怀，含蓄而深刻地表现出自己的抑郁愤激的情感。同时，诗歌的讽刺意义也是不言而喻的，难怪此诗一出，作者及其友人们便立即受到打击报复，再次受到贬谪。

六朝金粉金陵梦

石头城

刘禹锡

> 山围故国周遭在，潮打空城寂寞回。
>
> 淮水东边旧时月，夜深还过女墙来。

这是一首咏石头城的七言绝句。石头城即金陵城，在今江苏省南京市清凉山。南京的江山形胜，素有"虎踞龙盘"之称，是东吴、东晋、宋、齐、梁、陈建都之地。六代豪奢，醉生梦死，追欢逐乐，诗家称之为"金粉六朝"。但由于荒淫误国，这一个一个朝代皆灭亡得极快，"悲恨相续"。

这"虎踞龙盘"的六朝豪华之都,也就荒凉下来了。刘禹锡于唐敬宗宝历二年(826)罢归洛阳,路过金陵,见昔日豪华胜地,已成了一座"空城",感慨万分,于是写下了这首怀古诗篇。

开头两句写江山如旧,而城已荒废。"山围故国周遭在",首句写山与城。"山围故国","故国"即旧城,就是石头城,城外有山耸立江边,围绕如垣墙,所以说"山围故国"。周遭,环绕的意思。这句说:围绕在石头城四周的山依然如旧。"潮打空城寂寞回",这句写水。"潮打空城",石头城西北有长江流过,江潮拍打石墙,但是,城已荒废,成了古迹,所以说"潮打空城"。这句意思是说:潮水拍打着"空城",虽有巨响,却显得分外凄凉,便又寂寞地退去了。这两句总写江山如旧,而石头城已荒芜,情调悲凉,感慨极深。后两句写月照空城。"淮水东边旧时月","旧时月",诗人特意标明"旧时",是饱含深意的。淮水,即秦淮河,横贯石头城,是六朝时代王公贵族们醉生梦死的游乐场所,这里曾经是彻夜笙歌、纸醉金迷、欢乐无尽的不夜城,那临照过六朝豪华之都的"旧时月"即是见证。然而曾几何时,富贵风流,转眼成空。如今只有那"旧时月"仍然从秦淮河东边升起,来照着这座"空城",在夜深的时候,"还过女墙来",依恋不舍地西落,这真是多情了。然而此情此景,却显得更加寂寞了。一个"还"字,意味深长。但这首诗并不只是发思古之幽情,诗人感慨深沉,实寓有"引古惜兴亡"之意。诗人在朝廷昏暗、权贵荒淫、宦官专权、藩镇割据、危机四伏的中唐时期,写下这首怀古之作,慨叹六朝之兴亡,显然是寓有引古鉴今的现实意义的。

这首诗咏怀石头城,表面看句句写景,实际上句句抒情。诗人写了山、水、明月和城墙等荒凉景色,写景之中,深寓着诗人对六朝兴亡和人事变迁的慨叹,悲凉之气笼罩全诗,读之怆然。诗人的好友白居易对这首诗曾叹赏不已,当读到"潮打空城寂寞回"一句时,不禁赞叹道:"吾知后之诗人不复措词矣。"可见其感动之深和评价之高。不过,后来的诗人并不因此而搁笔,咏金陵的诗词还是层出不穷,只是很少能达到刘禹锡这首诗的水平罢了。

金陵,六朝均建都于此。这些朝代,国祚极短。在它们悲恨相续的史实中包含极深的历史教训,所以金陵怀古后来几乎成了咏史诗中的一个专题。在国运衰微之际,更成为关心政治的诗人常取的题材。若论写得早又写得好的篇章,不能不推刘禹锡的《金陵五题》。

《石头城》就是这组诗的第一首。诗一开始,就置读者于苍茫悲凉的氛围之中。围绕着这座故都的群山依然在围绕着它。这里,曾经是战国时代楚国的金陵城,三国时孙权改名为石头城,并在此修筑宫殿。经过六代豪奢,至唐初废弃,二百年来已成为一座"空城"。潮水拍打着城郭,仿佛也觉到它的荒凉,碰到冰冷的石壁,又带着寒心的叹息默默退去。山城依然,石头城的旧日繁华已空无所有。对着这冷落荒凉的景象,诗人不禁要问:为何一点痕迹不曾留下?没有人回答他的问题,只见那当年从秦淮河东边升起的明月,如今仍旧多情地从城垛("女墙")后面升起,照见这久已残破的古城。月标"旧时",也就是"今月曾经照古人"的意思,耐人寻味。秦淮河曾经是六朝王公贵族们醉生梦死的游乐场,曾经是彻夜笙歌、春风吹送、欢乐无时的地方,"旧时月"是它的见证。然而繁华易逝,而今月下只剩一片凄凉了。末句的"还"字,意味着月虽还来,然而有许多东西已经一去不返了。

李白《苏台览古》有句云:"只今唯有西江月,曾照吴王宫里人。"谓苏台已废,繁华已歇,唯有江月不改。其得力处在"只今唯有"四字。刘禹锡此诗也写江月,却并无"只今唯有"的限制词的强调,也无对怀古内容的明点。一切都被包含在"旧时月"、"还过"的含蓄语言之中,熔铸在具体意象之中。而诗境更浑厚、深远。

诗人把石头城放到沉寂的群山中写,放在带凉意的潮声中写,放到朦胧的月夜中写,这样尤能显示出故国的没落荒凉。只写山水明月,而六代繁荣富贵,俱归乌有。诗中句句是景,然而无景不融合着诗人故国萧条、人生凄凉的深沉感伤。

白居易读了《石头城》一诗,赞美道:"我知后之诗人无复措词矣。"后来有些金陵怀古诗词受它的影响,化用它的意境词语,恰也成为名篇。如元·萨都剌的《念奴娇》中"指点六朝形胜地,惟有青山如壁"、"伤心千古,秦淮一片明月"就是明显的例子;而北宋周邦彦的《西河》词,更是以通篇化用《石头城》、《乌衣巷》诗意为能事了。

物是人非几度秋

西塞山怀古

刘禹锡

王濬楼船下益州,金陵王气黯然收。

千寻铁锁沉江底,一片降幡出石头。

人世几回伤往事,山形依旧枕寒流。

从今四海为家日,故垒萧萧芦荻秋。

【注解】

西塞山:在今湖北省大冶县东。王濬:晋武帝时益州刺史,受命征吴,造大楼船,直取吴都,吴帝孙皓奉表请降。

【评析】

这是一首怀古的诗,表明国家统一是人心所向,告诫统治者要防止历史上分割局面的重演,写得含蓄、贴切、自然。

西塞山,在今湖北大冶县东面的长江边。岚横秋塞,山锁洪流,形势险峻,是六朝有名的军事要塞。长庆四年(824)刘禹锡由夔州刺史调任和州刺史，沿江东下，途经西塞山，即景抒怀，写下了这首诗。太康元年（280）晋武帝命王濬率领由高大的战船组成的水军，顺江而下，讨伐东吴。诗人便以这件史事为题，开头写"楼船下益州"，"金陵王气"便黯然消失。益州金陵，相距遥遥，一"下"即"收"，何其速也！两字对举就渲染出一方是声势赫赫，一方是闻风丧胆。第二联便顺势而下，直写战事及其结果。东吴的亡国之君孙皓，凭借长江天险，并在江中暗置铁锥，再加以千寻铁链横锁江面，自以为是万全之计，谁知王濬用大筏数十，冲走铁锥，以火炬烧毁铁链，结果顺流鼓棹，径造三山，直取金陵。"皓乃备亡国之礼，……造于垒门"（《晋书·王濬传》）。第二联就是形象地概括了这一段历史。

诗的前四句，洗炼、紧凑，在对比之中写出了双方的强弱，进攻的路线，攻守的方式，战争的结局。它只用第一句诗写西晋水军出发，下面就单写东吴：在战争开始的反映，苦心经营的工事被毁，直到举旗投降，步步紧逼，一气直下。人们不仅看到了失败者的形象，也看到了胜利者的那种摧枯拉朽的气势。可谓虚实相间，胜败相形，巧于安排。

诗人在剪裁上颇具功力。他从众多的史事中单选西晋灭吴一事，这是耐人寻味的，因为东吴是六朝的头，它又有颇为"新颖"的防御工事，竟然覆灭了。照理后人应引以为鉴，其实不然。所以写吴的灭亡，不仅揭示了当时吴王的昏聩，更表现了那些后来者的愚蠢，也反映了国家的统一是历史的必然。其次，诗人写晋吴之战，重点是写吴，而写吴又着重点出那种虚妄的精神支柱"王气"、天然的地形、千寻的铁链，皆不足恃。这就从反面阐发了一个深刻的思想，那就是"兴废由人事，山川空地形"（刘禹锡《金陵怀古》）。可见如此剪裁，就在于它能完满地表现其主题思想。

清代屈复评这首诗说："前四句止就一事言，五以'几回'二字括过六代，繁简得宜，此法甚妙。"（《唐诗成法》）不过应该指出，若是没有前四句丰富的内容和深刻的思想，第五句就难以收到如此言简意赅的效果。第六句"山形依旧枕寒流",山形,指西塞山;寒流,指长江,"寒"字和结句的"秋"字相照应。诗到这里才点到西塞山,那么前面所写,是不是离题了呢?没有。因为西塞山之所以成为有名的军事要塞,之所以在它的身边演出过那些有声有色载入史册的"活剧",就是以南北分裂、南朝政权存在为条件的。因此前面放眼六朝的兴亡,正是为了从一个广阔的历史背景中引出西塞山,从而大大开拓了诗的境界。诗人不去描绘眼前西塞山如何奇伟竦峭,而是突出"依旧"二字,亦是颇有讲究的。山川"依旧",就更显得人事之变化,六朝之短促,不仅如此,它还表现出一个"江山不管兴亡恨,一任斜阳伴客愁"(包佶《再过金陵》)的意境。这些又从另一个角度对上一句的"伤"字作了补充,所以纪昀说:"第六句一笔折到西塞山是为圆熟"(见方回《瀛奎律髓》纪评)。

第七句宕开一笔,直写"今逢"之世,第八句说往日的军事堡垒,如今已荒废在一片秋风芦荻之中。这残破荒凉的遗迹,便是六朝覆灭的见证,便是分裂失败的象征,也是"今逢四海为家"、江山一统的结果。怀古慨今,收束了全诗。

刘禹锡的这首诗,寓深刻的思想于纵横捭阖、酣畅流利的风调之中,诗人好像是在客观地叙述往事,描绘古迹,其实并非如此,翻一翻历史,便知道在唐宪宗时期曾经取得了几次平定藩镇割据战争的胜利,国家又出现了比较统一的局面,不过这种景象只是昙花一现,821年到822年河北三镇又恢复了割据局面。刘禹锡在这首诗中,把嘲弄的锋芒指向在历史上曾经占据一方,但终于覆灭的割据者,这不正是对重新抬头的割据势力的迎头一击吗?当然,"万户千门成野草,只缘一曲《后庭花》"(《金陵五题·台城》),这个六朝覆灭的教训,对于当时骄侈腐败的唐王朝来说,也是一面很好的镜子。

洞庭风光情无限

望洞庭

刘禹锡

湖光秋月两相和，

潭面无风镜未磨。

遥望洞庭山水色，

白银盘里一青螺。

【注释】

刘禹锡在《历阳书事七十韵》序中称："长庆四年（824）八月，予自夔州刺史转历阳（和州），浮岷江，观洞庭，历夏口，涉浔阳而东。"刘禹锡贬逐南荒，二十年间去来洞庭，据文献可考的约有六次。其中只有转任和州这一次是在秋天。而本诗则是这次贬谪途中的生动记录。

宋代文学家范仲淹在《岳阳楼记》中不无感慨地说："予观夫巴陵胜状，在洞庭一湖。衔远山，吞长江，浩浩汤汤，横无际涯；朝晖夕阴，气象万千。此则岳阳楼之大观也。前人之述备矣。"可见历来描写洞庭景色的诗文很多，要写得别开生面，独树一帜是十分不易的。刘禹锡这首《望洞庭》选择了月夜遥望的角度，把千里洞庭尽收眼底，抓住最有代表性的湖光和山色，轻轻着笔，通过丰富的想象、巧妙的比喻，独出心裁地把洞庭美景展现于纸上，表现出惊人的艺术功力。

秋夜，皎皎明月下的洞庭湖水是澄澈空明的。与素月的清光交相辉映，俨如琼田玉鉴，是一派空灵、缥缈、宁静、和谐的境界。这就是"湖光秋月两相和"一句所包含的诗意。"和"字写得凝炼，表现出了水天一色、玉宇无尘的融和的画境。而且，似乎还把一种水国之夜的节奏——荡漾的月光与湖水吞吐的韵律，传达给读者了。接下来描绘湖上无风，迷迷茫茫的湖面宛如未经磨拭的铜镜。"镜未磨"三字十分形象贴切地表现了千里洞庭风平浪静的安宁温柔的景象,在月光下别具一种朦胧美。"潭面无风镜未磨"以生动形象的比喻补足了"湖光秋月两相和"的诗意。因为只有"潭面无风",波澜不惊,湖光和秋月才能两相协调。否则,湖面狂风怒号,浊浪排空,湖光和秋月便无法辉映成趣,也就没有"两相和"可言了。

　　诗人的视线又从广阔的平湖集中到君山一点。在皓月银辉之下,君山愈显青翠,洞庭水愈显清澈,山水浑然一体,望去如同一只雕镂剔透的银盘里,放了一颗小巧玲珑的青螺,十分惹人喜爱。三四两句诗想象丰富,比喻恰当,色调淡雅,银盘与青螺互相映衬,相得益彰。诗人笔下的秋月之中的洞庭山水变成了一件精美绝伦的工艺美术珍品,给人以莫大的艺术享受。"白银盘里一青螺",真是匪夷所思的妙句。然而,它的擅胜之处,不止表现在设譬的精警上,尤其可贵的是它所表现的壮阔不凡的气度和它所寄托的高卓清奇的情致。在诗人眼里,千里洞庭不过是妆楼奁镜、案上杯盘而已。举重若轻,自然凑泊,毫无矜气作色之态,这是十分难得的。把人与自然的关系表现得这样亲切,把湖山的景物描写得这样高旷清超,这正是作者性格、情操和美学趣味的反映。没有荡思八极、纳须弥于芥子的气魄,没有振衣千仞、涅而不缁的襟袍,是难以措笔的。一首山水小诗,见出诗人富有浪漫色彩的奇思壮采,这是很难得的。

桃花四月逐春踪

大林寺桃花

白居易

人间四月芳菲尽,山寺桃花始盛开。

长恨春归无觅处,不知转入此中来。

这首小诗,从构思到立意,显然是别开生面的。此诗是白居易被谪贬为江州司马时所作,这是他一生中较为坎坷的时候。诗人一洗自己心中的忧伤与郁闷,全心注入于大自然的美景之中,体现出一种超凡脱俗的诗心,即诗人的人格。大林寺在庐山的香炉峰的峰顶。由于高山气候偏低的原因(庐山的高处达海拔1400多米),造成在时间上与地面节令不同的现象,这一奇异景象触发了诗人的灵感,灵机一闪之间,写出这首优美的小诗。

首句"人间四月芳菲尽",是写平原地区此时(四月)芳菲的花木已经凋零殆尽。这里芳菲的意思犹如说"百花",意思是说百花都过时了。第二句顺势吟出"山寺桃花始盛开",山顶上寺庙里的桃花现在刚刚繁盛地开放起来。这种现象出于什么原因呢?正如后来宋代的学者沈括引用这首诗时所说,"地势使之然也。"是地势的高低差别使它产生了这样的现象。那么,现在我们要问,山势越高气候越冷,于是节令也就来得较晚,这种自然现象诗人知道不知道呢?不用证明,他肯定是知道的。那么,作者笔锋一转,却硬说"长恨春归无觅处,不知转入此中来",这是为什么呢?这岂不是故意装糊涂吗?其实,这里是有点故意装糊涂的嫌疑,然而,妙就妙在这是在作诗,这里便有诗情,便有妙趣,便有美。往年春归花谢之时,长长痛恨春天一去就没有地方可以寻找了,只好等待来年,才能"不觅自来"。可是今年不同,今年也曾在"人间"(此诗极有意味,它仿佛映衬出大林寺这儿不是"人间",乃是仙境)痛恨过"春归无觅处"的,然而现在不期而遇,看到了"始盛开"的桃花,其实也就等于寻觅到了春天的踪迹,这是多么美妙的事情啊!

众所周知,"春归何处"的问题不是一个空间问题,乃是一个时间问题。古人却偏偏喜欢在这里作文章,宋代诗人黄庭坚作词道:"春归何处?寂寞无行路。若有人知春去处,唤取归来同住……"春天是唤得回来的吗？这也是明知故问，也是装糊涂，但这才叫作诗，才有诗的情趣。

残阳瑟瑟可怜人

暮江吟

白居易

一道残阳铺水中，半江瑟瑟半江红。

可怜九月初三夜，露似真珠月似弓。

这首小诗在读者脑海中展现出的一幅画面，颇似一张彩色摄影的佳品。残阳，一般指夕阳，准确说，就是太阳的圆轮已经落入地平线下，剩下的霞光。此时光线很弱，但是颜色很红。"一道残阳铺水中"，为什么是一道呢？这大约是与地形有关，是地形的遮掩使"一片残阳"变成了"一道残阳"。"铺水中"，为什么用"铺"而不用"照"呢？前文说过，"残阳"是太阳落山后剩下的霞光，这个"光"的特点是没有"光线"，就是没有刺眼的如同一根根箭射出来的光的"线"（它的前端就叫光芒）。正因为这"铺"，才形成"半江瑟瑟半江红"的奇观。"瑟瑟"二字运用极妙。它的意思是"碧绿的样子"，但此二字在这里不但有语义的效果，而且有语音的效果，你反复读上多遍，必会感到其朗朗上口的神韵。如果我们把这句改作"半江碧绿半江红"，你再多读几遍，看看感觉有什么不同？这种不同与后边的"红"字应和起来，你必有更深的感受。为什么形成"半江瑟瑟半江红"的景色呢？这大约是河床掩住了霞光，使近处一半江面"瑟瑟"，远处一半江面就"红红"了。诗的后两句极妙。"可怜九月初三夜，露似真珠月似弓。"这两句点明了时间。"九月初三"这个日子，使得"露似真珠"（注意：这正是"寒露"的前后），又使得"月似弓"（正所谓"新月"）。这两句有一处极妙之笔，一般容易被人们忽略，这就是"可怜"二字的运用。众所周知，古人说"可怜"，不是"值得怜悯"的意思，而是"可爱"的意思。这在作诗上属于直接抒情,叫作直抒胸臆。一般说来作诗是忌讳这个的。但此处二字极妙,妙就妙在它在上下两片景物之间,起着微妙的点缀作用——还不只是点缀,实际上它正是"诗眼"。此二字是上两句的景色已经使作者陶醉,下一句还有更令人陶醉的景色,书之至此,作者已情不自禁,随口带出一句赞语,这种充沛的感情随时感染了读者,读者不但不觉得生涩,而且感到"可怜",这就产生了"共鸣",产生了审美效果。而一般的直抒胸臆,往往是前没有铺垫,后没有承接,突然来一句赞语,使人感到生涩,感到厌恶,感到不自然。

春风野火少年情

赋得古原草送别

白居易

离离原上草,一岁一枯荣。

野火烧不尽,春风吹又生。

远芳侵古道,晴翠接荒城。

又送王孙去,萋萋满别情。

这首诗是唐代著名诗人白居易十六岁时所作。作为少年佳作,这是古今少有的。此诗既是风景诗,又是言志诗,又是送行诗。从标题看,"赋得"是古代一种出题作诗的形式;古原是风景;草是言志;送别是送行。换句话说,诗人将写景、抒情、送别巧妙地揉成一首诗,不难看出这位十六岁的少年诗人作诗的功力。

诗中的"离离",是形容草的茂盛的样子。"一岁一枯荣",指每年秋季枯一次,春季又荣一次。"远芳"指草地一望无际,带着芳香。古道,古老的道路。"晴翠"指阳光照射下的长满野草的古原。荒城,指远方的城。王孙,即公子王孙的意思,作者所送之人。

"野火烧不尽,春风吹又生。"这是千古绝唱,历代为诗人及评论家们所称道。据唐人张固《幽闲鼓吹》记载，白居易十六岁入京，拜谒当时名士诗人顾况，希望能受到顾况的提拔与推荐。顾况见到十六岁的白居易，便拿他的名字打趣道："米价方贵，居亦不易。"意思是说："长安米价又涨了，你想居住在这是很不容易的。"待到顾况看白居易的诗，读到这两句的时候，感到非常惊讶，马上改口道："道得个语，居亦易矣。"意思是说："你既然能写出这样的好句子来，那么，在长安居住下去也就不难了。"从此，白居易名声大震。

那么，这两句诗究竟好在哪里呢？它形象而生动地写出了野草那种天然的、顽强的生命力。那么，他是怎样表现这种生命力的呢？他不是像有的唐诗注本所说的那样，说草是锄不尽，挖不绝的，其实这里既没写锄，也没写挖，如果那样写，倒是败笔了。诗人写的是"烧"与"生"，是用野火去烧也烧不尽它！为什么烧不尽呢？因为第二年春风一吹，它又生出来了。就是说，它的生命力是再生性质的，是极其顽强的。

"远芳侵古道，晴翠接荒城"二句是写古原，写古原的苍茫、辽阔，实际上也写了"草"的茂盛与宽广。最后两句是写诗人与这位公子（即诗中所说的王孙）话别，在这长满萋萋野草的古原上，充满了离别的悲切情调。结尾是一般送别诗的口吻，扣题。

关于这首诗的寓意，历来说法不一，这里概括两种常见的说法。其一，以为这就是一首言志诗，诗人通过草的顽强生命力表达一种顽强不屈，毅然向上的生活态度。其二，有人以为（如蘅塘退士《唐诗三百首》），草是比喻小人；"野火烧不尽"，比喻小人"消除不尽"；春风吹又生，比喻"得势又生"；"远芳侵古道"，比喻（小人）干犯正路；"晴翠接荒城"，比喻（小人）文饰（自己的）鄙陋；后两句比喻（小人们）最容易使人感动。

此诗在结构上是极为严谨的。用我们今天的话说，叫做"句句扣题"。第一句扣草；第二句扣草；第三、四句也扣草，但第三句扣第二句的"枯"字，第四句扣第二句的"荣"字；第五、六句扣古原；第七、八句扣送别……"赋得"是全诗写作形式的要求。这样环环相扣,一扣到底的诗,才是好诗。

秋枫红叶惹人怜

山 行

杜 牧

远上寒山石径斜,白云生处有人家。

停车坐爱枫林晚,霜叶红于二月花。

这是一首意境深远,情趣盎然的小小风景诗。这诗意倘若绘出一幅水墨画,将是极其优美的。这幅画中大部分画面要画出"红于二月花"的深秋枫叶;枫叶丛中勾勒出斜斜曲曲的山间石径;白云几处,白云缺漏的地方画出几所茅屋的影子。当然,也不妨画出停车观赏的诗人。这画题名可曰《秋叶山行图》,必是极美的作品。如果将杜牧的四句诗再以清秀俊逸的行草书于白云红叶之间,则更是珠联璧合,妙意横生。古人说:"诗中有画。"看来是非常有道理的。

这首诗的题目叫《山行》,这题目直接给末句"霜叶红于二月花"留下伏笔。"远上寒山石径斜","远"字又是在山行之间,走的又是曲斜的石径,从后文看又有车,那么这行路的艰难可想而知。但这句为什么不给人疲累的感觉而给人以兴致勃勃的感觉呢? 这是因为诗人那情趣盎然的心境感染了我们。"白云生处有人家"写的是山间的生气。白云时生时灭,也就是时聚时散,给读者一种生机勃勃的感觉。而白云簇生的地方又隐隐约约看见人家,就更给人一种生机勃勃的感觉。此时的"人家"是嵌入诗中眼前画面之中的景物,增添了画面的生动性。"停车坐爱枫林晚",这句中的"坐"字是"因为"的意思。这句的意思是"停下车来是因为枫林,看到了傍晚(出现了'霜叶红于二月花')的景观"。最后一句才是作者所要说的中心意思,这里的霜叶实在太美了,比二月盛开的花还要嫣红。

这首诗有几个字用得极好,照应得也极好。比如:山行,照应"远",照应"爱",照应"红"。是因为要看"红"(于二月花的枫叶),才山行,才远上,才因"爱"而"停车"的。又比如,寒与白,与霜相照应,把个凄凉冷落的秋景硬给写成万紫千红的春景一般诱人,这才是此诗的匠心所在。

英雄总似浪淘沙

赤 壁

杜 牧

折戟沉沙铁未销,自将磨洗认前朝。

东风不与周郎便,铜雀春深锁二乔。

这是一首怀古小诗。怀古诗,今日青少年朋友读起来恐怕要费些心思。怀古诗,一般是咏叹史实,评论古人,感慨沧桑之变,伤怀人世之忧。但是,怀古诗还有一个极为重要的特点,就是借评论古人古事而暗喻今人今事。这叫做"借古喻今"或"借古讽今"。同时,怀古诗又往往借古人的业绩寄托诗人自己的胸襟抱负,或感叹自己的身世遭际。这是怀古诗一般的寓意。

杜牧(803-852),字牧之,京兆万年(今西安)人。太和年间进士,官至监察御史,后任黄州、池州、睦州的刺史,后为司勋员外郎及中书舍人。后人称"小杜"(杜甫则为"老杜");又与李商隐合称"小李杜"(李白与杜甫称"李杜")。杜牧是晚唐诗坛的一个重要诗人,他擅长七言绝句,尤其咏史绝句,古今独步。

赤壁在今湖北嘉鱼县东北江滨,一说为湖北武昌县东南七十里,误。

此外,中国古今还有两个赤壁,一是湖北黄冈县城外,这就是苏轼误以为"三国周郎赤壁"而作"念奴娇"的那个地方。还有一处在汉阳县。赤壁之战是汉末建安十三年(208)一次重要战役。这次战役奠定了三足鼎立的政治基础,开创了一段历史。这是因为孙权与刘备联合击败了曹操。这次战役在中国历史上也是颇有影响的。这里就突显出一个难题,想用28个字的一首小诗写一场宏大的历史画卷,想想看,如何下笔?假如让你写,你怎么写呢?这样就看出杜牧的大家手笔。他第一句先写"折戟沉沙铁未销",折断了的戟,沉在江里的沙石间,现在捞出来,铁质还未能消磨尽。于是——欲将磨洗认前朝——我想把它磨一磨,洗一洗,还能够认出这是前朝的器物,亦即三国时代的兵器。那么,这被折断了的戟应该是属于哪一方的呢?是孙、刘一方的呢,还是曹操一方的呢?一般说来,既然是断戟,就应该是失败(曹操)一方的。这样,诗人自然就要想到失败的原因,那是孙权与刘备一方用火攻。这一点不但作为故事书(小说)的《三国演义》(唐朝时尚无此书)上这样说,就是历史著作《三国志》上也是这样说:"……至战日,黄盖先取轻利舰十舫,载燥荻枯柴,灌以鱼膏,时东南风急……火烈风猛,烧尽北船。"但是,要想用火攻,必须有东风,因为曹操军舰在西。那么,这一天有没有东风就是至关重要的了。《三国演义》作者敷演出诸葛亮"借东风"一段,其实,东风是可以"借"来的吗?不过,我们大体可以推断,"借东风"这样的故事在唐代可能是没有的。于是,杜牧以为,这一天起东风,周瑜得胜,全是偶然的天象。有趣的是,诗的后两句诗人用了一个假设句,先提出一个假设的情况——假设东风不给周郎以方便的话,才推出必然的结果——那么,暮春之际,铜雀台上一定要关锁着大乔与小乔这两位美人了。

《三国志·魏志》记载:"……建安十五年冬作铜雀台。"据说,这铜雀台上有楼,铸大铜雀,高一丈五尺,置之楼巅。又据说,这铜雀台是为了消灭东吴以后,安置东吴的两个美女的。《三国志·吴志·周瑜传》:"乔公有二女,皆国色也。孙策(孙权的哥哥)自纳大乔;(周)瑜纳小乔。"

那么这首怀古诗又有什么意思呢?它的诗外之意不过是说,周瑜这样名传千载的大人物,他的成功也有偶然性,也有侥幸的因素在内。那么,这又是什么意思呢?这里还真有点意思,不过不是轻易能看得出来的。杜牧本人虽然作出了一流的诗,然而他不仅仅是一个诗人,而且是一个军事家、政治家、经济专家。这里寓有作者怀才不遇的隐忧,只是不好明说。意思是,"我"不过是没有机遇,如果有机遇也不见得较周瑜差一些。这样说虽然说得太直白了,但诗中确实隐含此意。

诗人千载叹仙娥

嫦娥

李商隐

云母屏风烛影深,长河渐落晓星沉。

嫦娥应悔偷灵药,碧海青天夜夜心。

这是一首感怀诗。《搜神记》记载:"后羿请不死之药于西王母,嫦娥窃之以奔月。"后羿是古代神话传说中的射日的英雄。他到西王母那里取来不死之药,回到家中,被他的妻子嫦娥偷去吃了,于是嫦娥飞升上天,到了月宫里。此诗第一句写诗人自己夜深无寐的情景。卧室中陈设着云母的屏风,蜡烛的影子呈现出昏暗的色调,诗人一个人在深夜里沉思。投眼向外望去,银河(长河)渐渐地向天边沉落,拂晓的星光也沉落到西方。可见,诗人在孤独寂寞的苦涩环境中一夜不曾合眼。此时必是诗人孤身在外,远离家乡亲人之际,这种情况与本书《且把来时映此时》一章所分析的"巴山夜雨涨秋池"的情况是一致的。室内,室外,同是一种情调:孤独与寂寞。此时诗人没有直接抒发这种孤独寂寞的苦闷心情,而是在仰望夜空之际,见到了月亮,想起了月宫里的嫦娥,借嫦娥的孤独寂寞来抒发自身的感受,这才使此诗具备了一种忧伤的艺术美。"嫦娥应悔偷灵药,碧海青天夜夜心。"诗人推想道:想来月宫里的嫦娥虽然成了仙人,但仙人也是害怕寂寞的。现在,这位仙子应该后悔自己偷了灵药成仙了吧!她好像比我还要孤苦,茫茫碧海一般的青天之上,每日每夜都只好感受着自己孤苦伶仃的心境。

关于这首诗的寓意,还有两种较为有影响的看法。有人认为诗中孤独寂寞的主人公是窃药学道的女道士,这种说法当然不能说就一定是不对的,但总还觉得根据不足,所以,我们不取这样的说法(见《唐诗鉴赏辞典》)。还有人认为,此诗后二句可能有所寄托,大概是责备意中人偷奔,而仍不能忘情(见喻守真《唐诗三百首详析》)。这意思是说诗人的意中人"偷奔"了,于是写这首诗寄托怨愤与伤情。这种说法大约是从嫦娥的"偷奔"想到诗人某"意中人"的"偷奔",但是,嫦娥的"偷奔"是"偷"了灵药而"奔"入月宫;诗人的"意中人"也能"偷"来灵药而"奔"入月宫吗?这位"意中人"如果"偷奔",按照人间的概念,势必是与某男子一起"私奔"了。看来这种说法也是站不住脚的,因为它用来推理的两个"偷奔"并不是一个概念。

且把来时映此时

夜雨寄北

李商隐

君问归期未有期,巴山夜雨涨秋池。

何当共剪西窗烛,却话巴山夜雨时。

这首诗,《万首唐人绝句》题作《夜雨寄内》,"内"就是"内人"——妻子;现传李诗各本题作《夜雨寄北》,"北"就是北方的人,可以指妻子,也可以指朋友。有人经过考证，认为它作于作者的妻子王氏去世之后，因而不是"寄内"诗，而是写赠长安友人的。但从诗的内容看，按"寄内"理解，似乎更确切一些。

第一句一问一答，先停顿，后转折，跌宕有致，极富表现力。翻译一下，那就是："你问我回家的日期；唉，回家的日期嘛，还没个准儿啊！"其羁旅之愁与不得归之苦，已跃然纸上。接下去，写了此时的眼前景："巴山夜雨涨秋池"，那已经跃然纸上的羁旅之愁与不得归之苦，便与夜雨交织，绵绵密密，淅淅沥沥，涨满秋池，弥漫于巴山的夜空。然而此愁此苦，只是借眼前景而自然显现；作者并没有说什么愁，诉什么苦，却从这眼前景生发开去，驰骋想象，另辟新境，表达了"何当共剪西窗烛，却话巴山夜雨时"的愿望。其构思之奇，真有点出人意料。然而设身处地，又觉得情真意切，字字如从肺腑中自然流出。"何当"（何时能够）这个表示愿望的词儿，是从"君问归期未有期"的现实中迸发出来的；"共剪……"、"却话……"，乃是由当前苦况所激发的对于未来欢乐的憧憬。盼望归后"共剪西窗烛"，则此时思归之切，不言可知。盼望他日与妻子团聚，"却话巴山夜雨时"，则此时"独听巴山夜雨"而无人共语，也不言可知。独剪残烛，夜深不寐，在淅淅沥沥的巴山秋雨声中阅读妻子询问归期的信，而归期无准，其心境之郁闷、孤寂，是不难想见的。作者却跨越这一切去写未来，盼望在重聚的欢乐中追话今夜的一切。于是，未来的乐，自然反衬出今夜的苦；而今夜的苦又成了未来剪烛夜话的材料，增添了重聚时的乐。四句诗，明白如话，却何等曲折，何等深婉，何等含蓄隽永，余味无穷！

姚培谦在《李义山诗集笺》中评《夜雨寄北》说，"'料得闺中夜深坐，多应说着远行人'（白居易《邯郸冬至夜思家》），是魂飞到家里去。此诗则又预飞到归家后也，奇绝！"这看法是不错的，但只说了一半。实际上是：那"魂""预飞到归家后"，又飞回归家前的羁旅之地，打了个来回。而这个来回，既包含空间的往复对照，又体现时间的回环对比。桂馥在《札朴》卷六里说:"眼前景反作后日怀想,此意更深。"这着重空间方面而言,指的是此地(巴山)、彼地(西窗)、此地(巴山)的往复对照。徐德泓在《李义山诗疏》里说:"翻从他日而话今宵,则此时羁情,不写而自深矣。"这着重从时间方面而言,指的是今宵、他日、今宵的回环对比。在前人的诗作中,写身在此地而想彼地之思此地者,不乏其例;写时当今日而想他日之忆今日者,为数更多。但把二者统一起来,虚实相生,情景交融,构成如此完美的意境,却不能不归功于李商隐既善于借鉴前人的艺术经验,又勇于进行新的探索,发挥独创精神。

上述艺术构思的独创性又体现于章法结构的独创性。"期"字两见,而一为妻问,一为己答;妻问促其早归,己答叹其归期无准。"巴山夜雨"重出,而一为客中实景,紧承己答;一为归后谈助,遥应妻问。而以"何当"介乎其间,承前启后,化实为虚,开拓出一片想象境界,使时间与空间的回环对照融合无间。近体诗,一般是要避免字面重复的,这首诗却有意打破常规,"期"字的两见,特别是"巴山夜雨"的重出,正好构成了音调与章法的回环往复之妙,恰切地表现了时间与空间回环往复的意境之美,达到了内容与形式的完美结合。宋人王安石《与宝觉宿龙华院》云:"与公京口水云间,问月'何时照我还?'邂逅我还(回还之还)还(还又之还)问月:'何时照我宿钟山?'"杨万里《听雨》云:"归舟昔岁宿严陵,雨打疏篷听到明。昨夜茅檐疏雨作,梦中唤作打篷声。"这两首诗俊爽明快,各有新意,但在构思谋篇方面受《夜雨寄北》的启发,也是显而易见的。

锦瑟心事年华逝

锦瑟

李商隐

锦瑟无端五十弦,一弦一柱思华年。

庄生晓梦迷蝴蝶,望帝春心托杜鹃。

沧海月明珠有泪，蓝田日暖玉生烟。

　　此情可待成追忆，只是当时已惘然。

　　本诗属于一首晚年回忆之作，虽然有些朦胧，却历来为人传诵。诗的首联由幽怨悲凉的锦瑟起兴，点明"思华年"的主旨。无端，无缘无故，没有来由。五十弦，《史记·封禅书》载古瑟五十弦，后虽一般为二十五弦，但仍有其制。诗的一、二两句是说：绘有花纹的美丽如锦的瑟有五十根弦，我也快到五十岁了，一弦一柱都唤起了我对似水流年的追忆。

　　诗的领联与颈联是全诗的核心。在领联中，庄周梦蝶的故事见《庄子·齐物论》："昔者庄周梦为蝴蝶，栩栩然蝴蝶也。……俄而觉，则蘧蘧然周也。不知周之梦为蝴蝶欤，蝴蝶之梦为周欤？"诗句中的"晓梦"，指天将亮时做的梦。"迷蝴蝶"，指对自己与蝴蝶之间的关系迷茫。面对群雄逐鹿，变化剧烈的战国社会，庄周产生了人生虚幻无常的思想，而李商隐则是有感于晚唐国势衰微，政局动乱，命运如浮萍

李商隐

而用此典故的。用此典故，还包含着他对爱情与生命消逝的伤感。他似乎已预感到自己将不久于人世了，要把深深的痛苦与怨愤倾泻出来。望帝的传说见《寰宇记》："蜀王杜宇，号望帝，后因禅位，自亡去，化为子规。"子规即杜鹃。诗人笔下美丽而凄凉的杜鹃已升华为诗人悲苦的心灵。深沉的悲伤，只能托之于暮春时节杜鹃的悲啼，这是何等的凄凉。

　　颈联紧接领联，《新唐书·狄仁杰传》载："（狄仁杰）举明经，调汴州参军，为吏诬诉黜陟。使阎立本召讯，异其才，谢曰：'仲尼称观过知仁，君可谓沧海遗珠矣。'"《三国志·吴志·诸葛恪传》："恪少有才名，孙权

谓其父瓘曰:'蓝田生玉,真不虚也。'""珠"、"玉"乃诗人自喻,不仅喻才能,更喻德行和理想。诗人借这两个形象,体现自己禀具卓越的才德,却不为世用的悲哀。诗的尾联,采用反问递进句式加强语气,结束全诗。"此情"总揽所抒之情,"成追忆"则与"思华年"呼应。可待即岂待,说明这令人惆怅伤感的"此情",早已迷惘难遣,此时当更令人难以承受。

这首诗在艺术上极富个性,运用了典故、比兴、象征手法,诗中蝴蝶、杜鹃是象征,珠、玉属比兴,诗人用以创造出明朗清丽、幽婉哀怆的艺术意境。

这首《锦瑟》,是李商隐的代表作,爱诗的无不乐道喜吟,堪称最享盛名,又是最不易讲解的一篇难诗。自宋元以来,揣测纷纷,莫衷一是。

诗题"锦瑟",是用了起句的头二个字。旧说中,原有认为这是咏物诗,但近来注解家似乎都主张:这首诗与瑟无关,实是一篇借瑟以隐题的"无题"之作。我以为,它确是不同于一般的咏物诗,可也并非只是单纯"截取首二字"以发端比兴而与字面毫无交涉的无题诗。它所写的情事分明是与瑟相关的。

起联两句,以前的注家也多有误会,以为据此可以判明此诗写作时,诗人已"行年五十",或"年近五十",故尔云云。其实不然。"无端",犹言"没来由地"、"平白无故地"。此诗人之痴语也。锦瑟本来就有那么多弦,这并无"不是"或"过错";诗人却硬来埋怨它:锦瑟呀,你干什么要有这么多条弦?瑟,到底原有多少条弦,到李商隐生活的时代又实有多少条弦,其实都不必"考证",诗人不过借以遣词见意而已。据记载,古瑟五十弦,所以玉谿写瑟,常用"五十"之数,如"雨打湘灵五十弦""因令五十丝,中道分宫徵",都可证明,此在诗人原无特殊用意。

"一弦一柱思华年",关键在于"华年"二字。一弦一柱犹言一音一节。瑟具弦五十,音节最为繁复可想而知,其繁音促节,常令听者难以为怀。诗人绝没有让人去死抠"数字"的意思。他是说：聆锦瑟之繁弦，思华年之往事；音繁而绪乱，怅惘以难言。所设五十弦，正为"制造气氛"，以见往事之千重，情肠之九曲。要想欣赏玉谿此诗，先宜领会斯旨，正不可胶柱而鼓瑟。宋词人贺铸说："锦瑟华年谁与度？"（《青玉案》）元诗人元好问说："佳人锦瑟怨华年！"（《论诗三十首》）华年，正今语所谓美丽的青春。玉谿此诗最要紧的"主眼"端在华年盛景，所以"行年五十"这才追忆"四十九年"之说，实在不过是一种迂见罢了。

起联用意既明，且看他下文如何承接。

颔联的上句，用了《庄子》的一则寓言典故，说的是庄周梦见自己身化为蝶，栩栩然而飞……浑忘自家是"庄周"其人了；后来梦醒，自家仍然是庄周，不知蝴蝶已经何往。玉谿此句是写：佳人锦瑟，一曲繁弦，惊醒了诗人的梦景，不复成寐。语含迷失、离去、不至等义。试看他在《秋日晚思》中说："枕寒庄蝶去"，去即离、逝，亦即他所谓迷者是。晓梦蝴蝶，虽出庄生，但一经玉谿运用，已经不止是一个"栩栩然"的问题了，这里面隐约包含着美好的情境，却又是虚缈的梦境。本联下句中的望帝，是传说中周朝末年蜀地的君主，名叫杜宇。后来禅位退隐，不幸国亡身死，死后魂化为鸟，暮春啼苦，至于口中流血，其声哀怨凄悲，动人心腑，名为杜鹃。杜宇啼春，这与锦瑟又有什么关联呢？原来，锦瑟繁弦，哀音怨曲，引起诗人无限的悲感，难言的冤愤，如闻杜鹃之凄音，送春归去。一个"托"字，不但写了杜宇之托春心于杜鹃，也写了佳人之托春心于锦瑟，手挥目送之间，花落水流之趣，诗人妙笔奇情，于此已然达到一个高潮。

看来，玉谿的"春心托杜鹃"，以冤禽托写恨怀，而"佳人锦瑟怨华年"提出一个"怨"字，正是恰得其真实。玉谿之题咏锦瑟，非同一般闲情琐绪，其中自有一段奇情深恨在。

律诗一过颔联，"起""承"之后，已到"转"笔之时，笔到此间，大抵前面文情已然达到小小一顿之处,似结非结,含意待申。在此下面,点笔落墨,好像重新再"起"似的。其笔势或如奇峰突起,或如藕断丝连,或者推笔宕开,或者明缓暗紧……手法可以不尽相同,而神理脉络,是有转折而又始终贯注的。当此之际,玉谿就写出了"沧海月明珠有泪"这一名句来。

珠生于蚌,蚌在于海,每当月明宵静,蚌则向月张开,以养其珠,珠得月华,始极光莹……这是美好的民间传统之说。月本天上明珠,珠似水中明月;泪以珠喻,自古为然,鲛人泣泪,颗颗成珠,亦是海中的奇情异景。如此,皎月落于沧海之间,明珠浴于泪波之界,月也,珠也,泪也,三耶一耶?一化三耶?三即一耶?在诗人笔下,已然形成一个难以分辨的妙境。我们读唐人的诗,一笔而有如此丰富的内涵、奇丽的联想的,舍玉谿生实不多见。

那么,海月、泪珠和锦瑟是否也有什么关联可以寻味呢?钱起的咏瑟名句不是早就说"二十五弦弹夜月,不胜清怨却飞来"吗?所以,瑟宜月夜,清怨尤深。如此,沧海月明之境,与瑟之关联,不是可以窥探的吗?

对于诗人玉谿来说,沧海月明这个境界,尤有特殊的深厚感情。有一次,他因病中未能躬与河东公的"乐营置酒"之会,就写出了"只将沧海月,高压赤城霞"的句子。如此看来,他对此境,一方面于其高旷皓净十分爱赏,一方面于其凄寒孤寂又十分感伤:一种复杂的难言的怅惘之怀,溢于言表。

晚唐诗人司空图,引过比他早的戴叔伦的一段话:"诗家美景,如蓝田日暖,良玉生烟,可望而不可置于眉睫之前也。"这里用来比喻的八个字,简直和此诗颈联下句的七个字一模一样,足见此一比喻,另有根源,可惜后来古籍失传,竟难重觅出处。今天解此句的,别无参考,引戴语作解说,是否贴切,亦难断言。晋代文学家陆机在他的《文赋》里有一联名句:"石韫玉而山辉,水怀珠而川媚。"蓝田,山名,在今陕西蓝田东南,是有名的产玉之地。此山为日光煦照,蕴藏其中的玉气(古人认为宝物都有一种一般目力所不能见的光气),冉冉上腾,但美玉的精气远察如在,近观却无,所以可望而不可置诸眉睫之下,这代表了一种异常美好的理想景色,然而它是不能把握、无法亲近的。玉谿此处,正是在"韫玉山辉,怀珠川媚"的启示和联想下,用蓝田日暖给上句沧海月明作出了对仗,造成了异样鲜明强烈的对比。而就字面讲,蓝田对沧海,也是非常工整的,因为沧字本义是青色。玉谿在词藻上的考究,也可以看出他的才华和功力。

颈联两句所表现的,是阴阳冷暖、美玉明珠,境界虽殊,而怅恨则一。诗人对于这一高洁的感情,是爱慕的、执着的,然而又是不敢亵渎、哀思叹惋的。

尾联拢束全篇,明白提出"此情"二字,与开端的"华年"相为呼应,笔势未尝闪遁。诗句是说:如此情怀,岂待今朝回忆始感无穷怅恨,即在当时早已是令人不胜惘然了,是说"岂待回忆",意思正在:那么今朝追忆,其为怅恨,又当如何!诗人用两句话表出了几层曲折,而几层曲折又只是为了说明那种怅惘的苦痛心情。诗之所以为诗者即在于此,玉谿诗之所以为玉谿诗者,尤在于此。

玉谿一生经历,有难言之痛,至苦之情,郁结中怀,发为诗句,幽伤飘缈,往复低徊,感染于人者至深。他的一首送别诗中说:"庾信生多感,杨朱死有情;弦危中妇瑟,甲冷想夫筝!……"则筝瑟为曲,常系乎生死哀怨之深情苦意,可想而知。循此以求,我觉得如谓锦瑟之诗中有生离死别之恨,恐怕也不能说是全出于臆断。

鸟声流啭梦如烟

台城

韦 庄

江雨霏霏江草齐,六朝如梦鸟空啼。

无情最是台城柳,依旧烟笼十里堤。

这是一首写景抒情怀古的名篇。怀古诗写景一般侧重写景物的荒凉与破败,这是为怀古的主旨服务的。此诗从语言说,多是景物描写。除第二句"六朝如梦"四字之外,全诗都是景物描写。台城,旧址在今南京市鸡鸣山南,玄武湖畔,是三国时吴国的宫苑,经过东晋,南朝的宋、齐、梁、陈一直是朝廷的皇宫所在地。唐代中期,这里的六朝遗迹已荡然无存。

"江雨霏霏江草齐,六朝如梦鸟空啼",这是景物描写。"江雨霏霏"写江景,这景物一开始就烘托出"六朝如梦"的意境,又与下文"烟笼十里堤"相照应,确是妙语。"江草齐"是指江边野草长得很高,而且很齐。这就给人一种感觉,仿佛六朝的一切繁华遗迹都被这齐而高的江草所埋没了。于是,下文提出"六朝如梦"就成为水到渠成的事情了。"无情最是台城柳,依旧烟笼十里堤。""无情"二字用得最妙,"依旧"二字与之照应,形成一种特殊的艺术效果。这个意思是说,当年六朝繁盛的时候,这些柳丝是如同烟雾一般地笼罩着台城的十里长堤。现在,六朝往事已经消逝殆尽了,你这柳丝还是如同烟雾一般地笼罩着十里长堤。那么,你这柳丝对与你同处七百多年的六朝遗迹,莫非太无情了吧!

此诗的特点是怀古诗的景物描写非常得体。这首诗的景物描写是空阔、荒凉、朦胧、有声有色。这些特点均与怀古有关,均有助于怀古的沉思。此诗的景物还有一个特点，就是"无情"。非但柳是无情的，鸟啼是无情的（所以叫空啼），就连江雨和江草也都是无情的：江雨霏霏地下，江草齐齐地长。但是阅读这首诗单看到这些"无情"还是不行的，特别重要的一点必须明点出来，这就是所有"无情"的景物的背后还有一个有情的诗人，全诗饱蘸着诗人的感情，即忧民忧国忧天下的感情。在黄巢起义的前夜，在唐王朝风雨飘摇的时候，诗人的这种感情是不难理解的。

黄花青帝我呼之

题菊花

黄　巢

飒飒西风满院栽，蕊寒香冷蝶难来。

他年我若为青帝，报与桃花一处开。

菊　花

黄　巢

待到秋来九月八，我花开后百花杀。

冲天香阵透长安，满城尽带黄金甲。

　　这是唐代农民起义军首领黄巢的两首著名的菊花诗。黄巢是曹州冤句（今山东菏泽）人，盐商出身。《全唐诗》说他曾举进士不第，即没有考取。后参加王仙芝农民起义军。王仙芝战死，黄巢被推为首领，号冲天大将军。《全唐诗》在《题菊花》一诗前有个小序说：黄巢五岁时，他的翁（祖父）与父作菊花诗，翁未作成，黄巢信口作出"堪与百花为总首，自然天赐赭黄衣"二句。意思是说菊花可以给百花作首领，所以上天自然而然地赐给它赭黄衣穿。可见他自幼便有奇志。他父亲听了这诗，因为他抢在祖父前作诗，要打他。他祖父说，可以让他再作。于是五岁的黄巢就应声作出《题菊花》一诗。诗中写的是菊花在飒飒的西风中栽了满院，花蕊凄寒香气冷涩蝴蝶很难来临。他年如果我当上执掌百花命运的春神，我就命令它与桃花一起开放，绝不让它等到冷落的深秋才开花。这诗隐含的意思是把统治阶级比作桃花，把劳动人民比作菊花。如果我掌了大权，也让下层百姓过上幸福的日子。五岁孩童，壮志惊人。第二首菊花是黄巢应进士科考落第之后作的。这首诗更明确地提出了农民革命的思想。看来，在作者头脑中，如同汉代末年张角的黄巾（黄金甲）起义那样的义举已经有了雏形，仿佛起义已酝酿成熟。"待到秋来九月八"，就是等到秋季九月八日这一天，我这菊花开放之时，百花都要消灭。待到冲天的香气浸透长安之时，满城都要带上黄金色的铠甲。作为农民起义领袖，革命成功已胸有成竹，看出他对农民起义的必胜的信心。这两首诗表面看是咏物诗，咏的就是菊花，实际上则是言志诗，抒发作者的抱负。

古往今来，确有不少能"解诗"的英雄，唐末农民起义领袖黄巢就是其中突出的一个。自从陶渊明"采菊东篱下，悠然见南山"的名句一出，菊花就和孤标傲世的高士、隐者结下了不解之缘，几乎成了封建文人孤高绝俗精神的一种象征。黄巢的菊花诗，却完全脱出了同类作品的窠臼，表现出全新的思想境界和艺术风格。我们来品评一下《题菊花》。

第一句写满院菊花在飒飒秋风中开放。"西风"点明节令，引起下句；"满院"极言其多，说"栽"而不说"开"，是避免与末句重韵，同时"栽"字本身也给人一种挺立劲拔之感，写菊花迎风霜开放，以显示其劲节，这在文人的咏菊诗中也不难见到；但"满院栽"却显然不同于文人诗中菊花的形象。无论是表现"孤标傲世"之情，"孤高绝俗"之态或"孤子无伴"之感，往往脱离不了一个"孤"字。黄巢的诗独说"满院栽"，是因为在他心目中，这菊花是劳苦大众的象征，与"孤"字无缘。

菊花迎风霜开放，固然显出它的劲节，但时值寒秋，"蕊寒香冷蝶难来"，却是极大的憾事。在飒飒秋风中，菊花似乎带着寒意，散发着幽冷细微的芳香，不像在风和日丽的春天开放的百花，浓香竞发，因此蝴蝶也就难得飞来采掇菊花的幽芳了。在旧文人的笔下,这个事实通常总是引起两种感情:孤芳自赏与孤孑不偶。作者的感情有别于此。在他看来,"蕊寒香冷"是因为菊花开放在寒冷的季节,他自不免为菊花的开不逢时而惋惜、而不平。

三、四两句正是上述感情的自然发展,揭示环境的寒冷和菊花命运的不公平。作者想象有朝一日自己作了"青帝"(司春之神),就要让菊花和桃花一起在春天开放,这一充满强烈浪漫主义激情的想象,集中地表达了作者的宏伟抱负。统观全诗,寓意是比较明显的。诗中的菊花,是当时社会上千千万万处于底层的人民的化身。作者既赞赏他们迎风霜而开放的顽强生命力,又深深为他们所处的环境、所遭的命运而愤激不平,立志要彻底加以改变。所谓"为青帝",不妨看作建立农民革命政权的形象化表述。作者想象,到了那一天,广大劳苦大众就都能生活在温暖的春天里。值得注意的是,这里还体现了农民朴素的平等观念。因为在作者看来,菊花和桃花同为百花之一,理应享受同样的待遇,菊花独处寒秋,蕊寒香冷,实在是天公极大的不公。因此他决心要让菊花同桃花一样享受春天的温暖。不妨认为,这是诗化了的农民平等思想。

这里还有一个靠谁来改变命运的问题。是祈求天公的同情与怜悯,还是"我为青帝",取而代之? 其间存在着做命运的奴隶和做命运的主人的区别。诗的作者说:"我为青帝",这豪迈的语言,正体现了农民阶级领袖人物推翻旧政权的决心和信心。而这一点,也正是一切封建文人所不能超越的铁门槛。

这首诗所抒写的思想感情是非常豪壮的,它使生活在封建社会中的文人学士表达自己胸襟抱负的各种豪言壮语都相形失色。但它并不流于粗豪,仍不失含蕴。这是因为诗中成功地运用了比兴手法,而比兴本身又融合着作者对生活的独特感受与理解的缘故。(刘学锴)

关于《菊花》这个题目,《全唐诗》作"不第后赋菊",大概是根据明代郎瑛《七修类稿》引《清暇录》关于此诗的记载。但《清暇录》只说此诗是黄巢落第后所作,题为"菊花"。

重阳节有赏菊的风俗,相沿既久,这一天也无形中成了菊花节。这首菊花诗,其实并非泛咏菊花,而是遥庆菊花节。因此一开头就是"待到秋来九月八",意即等到菊花节那一天。不说"九月九"而说"九月八",是为了与"杀"、"甲"押韵。这首诗押仄声韵,作者要借此造成一种斩截、激越、凌厉的声情气势。"待到"二字,似脱口而出,其实分量很重。因为作者要"待"的那一天,是天翻地覆、扭转乾坤之日,因而这"待"是充满热情的期待,是热烈的向往。而这一天,又绝非虚无缥缈,可望而不可即,而是如同春去秋来、时序更迁那样,一定会到来的,因此,语调轻松,跳脱,充满信心。

"待到"那一天又怎样呢?照一般人的想象,无非是菊花盛开,清香袭人。作者却接以石破天惊的奇句——"我花开后百花杀"。菊花开时,百花都已凋零,这本是自然界的规律,也是人们习以为常的自然现象。这里特意将菊花之"开"与百花之"杀"(凋零)并列在一起,构成鲜明的对照,以显示其间的必然联系。作者亲切地称菊花为"我花",显然是把它作为广大被压迫人民的象征,那么,与之相对立的"百花"自然是喻指反动腐朽的封建统治集团了。这一句斩钉截铁,形象地显示了农民革命领袖果决坚定的精神风貌。

三、四句承"我花开",极写菊花盛开的壮丽情景:"冲天香阵透长安,满城尽带黄金甲。"整个长安城,都开满了带着黄金盔甲的菊花。它们散发出的阵阵浓郁香气,直冲云天,浸透全城。这是菊花的天下,菊花的王国,也是菊花的盛大节日。想象的奇特,设喻的新颖,辞采的壮伟,意境的瑰丽,都可谓前无古人。菊花,在封建文人笔下,最多不过把它作为劲节之士的化身,赞美其傲霜的品格;这里却赋予它农民起义军战士的战斗风貌与性格,把黄色的花瓣设想成战士的盔甲,使它从幽人高士之花成为最新最美的农民革命战士之花。正因为这样，作者笔下的菊花也就一变过去那种幽独淡雅的静态美，显现出一种豪迈粗犷、充满战斗气息的动态美。它既非"孤标"，也不止"丛菊"，而是花开满城，占尽秋光，散发出阵阵浓郁的战斗芳香，所以用"香阵"来形容。"冲"、"透"二字，分别写出其气势之盛与浸染之深，生动地展示出农民起义军攻占长安，主宰一切的胜利前景。

　　黄巢的两首菊花诗，无论意境、形象、语言、手法都使人一新耳目。艺术想象和联想是要受到作者世界观和生活实践的制约的。没有黄巢那样的革命抱负、战斗性格，就不可能有"我花开后百花杀"这样的奇语和"满城尽带黄金甲"这样的奇想。把菊花和带甲的战士连结在一起，赋予它一种战斗的美，这只能来自战斗的生活实践。"自古英雄尽解诗"，也许正应从这个根本点上去理解吧。

（刘学锴）

芙蓉江上澈澄心

下第后上永崇高侍郎

高　蟾

天上碧桃和露种，日边红杏倚云栽。

芙蓉生在秋江上，不向东风怨未开。

　　这首诗表面看是酬答诗，也叫唱和诗、呈递诗，实际上是一首言志诗。这首诗对我们今天的青少年朋友具有特殊的启迪教育作用。这是因为今日的青少年朋友多是顺境中长大，只知一帆风顺，不知挫折磨炼。于是，遇到顺境沾沾自喜、习以为常，遇到逆境垂头丧气、一筹莫展，更不要说"艰难困苦""玉汝于成"这样深刻的道理了。此诗是高蟾科考落第后写给永崇（高侍郎的居里）高侍郎的。唐人科举有一种习俗，即举子们考试之前，一般都通过各种门路、各种方式拜谒当时名士，以求让他推荐、抬举、介绍。本书《问路投诗咏画眉》一章中朱庆余呈张籍的诗，《春风野火少年才》一章里白居易给顾况献的诗,均属此类。高蟾这人的高雅倔强在于他不是在科考之前去拜谒名士,而是在他落第之后作诗投寄,用以表述自己落第之后的高尚而顽强的品质,确实可以从中看出诗人非凡的人格。"天上碧桃和露种,日边红杏倚云栽",这是指那些靠笼络权贵而登上金榜的举子们。他们的地位是在"天上",暗示他们可能钻入朝廷中去;他们的荣耀是在日边,暗示他们可能贴在皇帝(中国古代把帝王比作日)的身边。但是,诗人此时心情非常恬淡,毫无羡慕的意思。任凭你碧桃和着(天上的)露水而种,任凭你红杏倚着(天边的)云彩而栽,我作为生长在秋天江面上的芙蓉也不对东风抱怨了,不抱怨东风(春风)把"碧桃"、"红杏"吹开却没有把我吹开。为什么呢?因为作为秋江芙蓉,我有我的美好的资质,我有我的清悠的韵调。虽然你们那些妖艳的碧桃、红杏我也不能说不美丽,但你们的资质与德性并不见得比我雅致、清新些。而我只靠我的高雅和清新,赢得我的超凡脱俗的神韵,自然会有人崇敬我的。此后不久,诗人登进士第,授官御史中丞。然而,作了官的高蟾,恐怕再也写不出这样淡雅、清高的诗来了。如果他以后也没有考中,没有升官,那么,他的诗才很可能有更大的施展。高蟾的考中与升官,使唐代多了一个平庸的官吏,少了一位高才的诗人,这实在也是较为遗憾的事情。

家给年丰乐小康

社 日

王 驾

鹅湖山下稻粱肥,豚栅鸡栖半掩扉。

桑柘影斜春社散,家家扶得醉人归。

这是一篇描写民俗民情的优美的小诗。标题所说的"社日",是古人祭祀土神的节日,一般春秋各一次,分别设在立春与立秋后的第五个戊日。春季的社日叫春社；秋季的社日叫秋社。此诗写的是春社。社日这一天，农民们兴高采烈地祭祀土神，同时举办各种竞技与娱乐活动，当然，免不了要痛痛快快地吃一顿，喝一顿。鹅湖山在江西铅山县北偏东十五里。山上有湖，多生荷，旧名荷湖山。晋朝末年有一家姓龚的在此养鹅，改名鹅湖山。山上有鹅湖寺，宋代朱子兴、吕祖谦、陆九渊选中此地作书院，可见这地方风景秀丽。

"鹅湖山下稻粱肥"。鹅湖山的湖水在山上，可见是一句火山湖。可耕的土地都在山下，春天社日，五谷长势丰满。一个"肥"字，活生生写出庄稼生长的喜人景象。这里看出诗人洗字炼句的功夫。"豚栅鸡栖半掩扉"，有的版本是"豚栅鸡塒对掩扉。"豚是猪；栅是栅栏，指猪栅栏；塒读shí，指在墙上凿出的鸡窝；扉指门，此是院门。这个栅是动词，指用栅栏把猪关起来。栖是动词，指栖息。塒也是动词，指小鸡进了鸡塒。这句诗的意思是，猪上了圈（juàn），鸡进了窝，院门半开半掩。这是说农舍家把猪与鸡关起来，家家都全家出动，到春社上去看热闹去了。家家的门都半掩着，说明这地方很安定，甚至没有偷东西的人。此诗前两句一句是写鹅湖山下庄稼生长旺盛的俯瞰镜头，一句写村子里空虚无人，暗示人们都去看热闹去了。按一般人笔墨，下两句总该写春社场上的主要场面了吧！诗人王驾用的就不是一般人的笔墨，他压根儿就不写春社场上竞技及歌舞的场面，而是写了一个春社散场的镜头。这一笔是极其高明的，不是大家手笔，难以企及。如果此时作者直接描写春社场上的热闹景象，什么金鼓声喧，什么呼五喝六（指猜拳），都是俗笔。唐代诗人白居易晚年作诗写宴会，不去写人们饮酒畅谈，呼五喝六的场面，而是写了"笙歌归院落，灯火下楼台"这么两句诗。是说弹琴唱歌的因为宴会结束了却又没有尽兴，到院子里继续弹唱了；仆人擎着灯火扶送客人走下楼台。这是写富贵人家豪华宴饮的名句。北宋大诗人晏殊谈到此诗时说："'老觉腰金重，慵便枕玉凉。'未是富贵语，不如'笙歌归院落，灯火下楼台',此善言富贵者也。"(见欧阳修《归田录》)这话的意思是说:"'人老了觉得腰上的黄金也很沉重,懒惰之时随便枕上玉璧也觉得清凉。'这样的诗句不是善于描写富贵的语言;'笙歌归入了院子中间,灯火照人走下楼台。'这才是善于描写富贵的诗句呀!"这里我们也可以说:"家家灯火,处处笙歌"之类,不是善于描写农家安乐的语言;"桑柘(zhè)影斜春社散,家家扶得醉人归。"才是善于描写农家安乐的诗句呀!

那么请问,这样写究竟高明在何处呢?桑柘,指桑树与柘树(柘树也是桑科的一种);影斜,指影子斜长,指夕阳西下。这两句诗写的是春社散场时的情景,实际上只有一句:"家家扶得醉人归。"这句诗有两层意思:一是此地人们丰衣足食,无忧无虑;二是今日人人开怀畅饮,欢欣之至。这就写出一种类似古人所说的家给人足的小康式生活情调(古人说的"小康"与我们今日所说的"小康"不是一个意思)。虽然作者可能有夸张的描写,但作为文学笔法来说,这个结尾更衬托出春社场上的热闹与欢乐,比直接描写效果好。

本章标题《家给年丰乐小康》中的"给"字读 jǐ,不读 gěi。

落花流水客心知

浪淘沙令

李 煜

帘外雨潺潺,春意阑珊。罗衾不耐五更寒。梦里不知身是客,一晌贪欢。独自莫凭栏,无限江山。别时容易见时难。流水落花春去也,天上人间!

这是一首无可奈何的亡国悲歌。作者是南唐皇帝李煜。李煜(936—978),字重光,南唐后主,人称李后主。李煜才华出众,多才多艺,通音律,精绘画,长书法,诗词造诣与天分极高。据陆游《南唐书》记载,李煜相貌奇异,他长得"广颡丰颊,骈齿,一目重瞳子",宽广的额头,丰满的面颊,牙齿重叠,一只眼睛是双瞳子。尤其是"骈齿"与"重瞳",古人认为是圣人之相。据说古代帝王"帝喾"就是"骈齿",古代帝王"舜"就是"重瞳"(还有项羽也是"重瞳子")。李煜在金陵作了十几年偏安纳贡的皇帝,宋太祖开宝八年(975),北宋大军攻破金陵,李煜率领群臣肉袒(露出一只膀子)出降,被掠至汴京(今开封),封"违命侯",这是污辱性的称号,责怪他竟敢抵抗宋军。此后,李煜过着囚徒生活,"日夕以眼泪洗面"。李煜的词大部分是他做囚徒之后写的。以前写的词只留下几首,都是吃喝玩乐,琼浆美女之类,虽然也有较高的艺术性,但毕竟价值不高。做了囚徒以后,共留下 20 多首词,艺术性极高,多是脍炙人口之作。两年以后,978年 7 月 7 日是他 42 岁生日,他写了著名的《虞美人》词,即"春花秋月何时了……"结尾两句是千古绝句"问君能有几多愁,恰似一江春水向东流"。笙歌传出,宋太宗大怒,命秦王赵廷美赐李煜牵机毒药(据说此药服下身体勾成曲形,首足相扣,故称牵机),是夜死去。这一篇词成了他的催命诗也是绝命诗了。

"帘外雨潺潺,春意阑珊。"首句写出春雨濛濛的景象。"阑珊"是一个叠韵连绵词,意思是"将尽"。"春意阑珊"就是春意将尽。春意不是在风和日丽的环境中消尽的,而是在春雨潇潇的环境中消尽的。这就给人一种"无可奈何花落去"的感觉,而在情调上却更为凄凉。诗人本是一个文弱的书生,又做了囚徒,又是从南方迁徙到北方,心绪本觉凄凉,所以,这暮春时节诗人的感觉是"罗衾不耐五更寒"。罗缎做成的衾被抵不住北国五更天的寒冷。接着写刚才的一个梦境。梦中又回到了当年歌舞升平的江南,仿佛又成了阳光明媚的江南的皇帝,不知道自己已成了他乡之客,成了人家的阶下囚。可怜,梦中又贪得了片刻(一晌)的欢乐;可惜,醒来之后,一切虚幻,如同以往的欢乐生活一样,消逝殆尽。诗人此处用了对比的手法,将往日的帝王生活的欢乐与今日囚徒生活的痛苦,作了一个淋漓尽致的描写,产生了极高的艺术效果。这首词的上半阕是写景、记梦,下半阕是抒情。诗人自己劝慰自己道:"独自一个人的时候,千万不要凭栏远眺,不要观赏那无穷无尽的万里江山,那是最让人痛心的事情了。"诗人口里说"独自莫凭栏",其实,此时说不定正在凭栏远眺呢!眼望着"无限江山",自然就想到故国的江山沦陷的时候。于是,紧接下去的一句是"别时容易见时难"。"别"的是什么呢?是宗庙,是故国,是亲友,是嫔娥,当然还有群臣及江南父老。诗人在离别金陵时有《破阵子》一词的尾句写道:"……最是仓皇辞庙日,教坊犹奏别离歌,垂泪对宫娥。"可见"离别"的是宗庙,故城,嫔娥。李煜与其他皇帝不同,有的皇帝为了夺得皇位,兄弟之间互相残杀;李煜对他的兄弟们都友好相待,感情至深,所以,这离别的也有兄弟、亲友等。离别时候匆匆忙忙的,显得很容易,其实离别的时候也是很难的。但是,如果将离别与相见相比,则相见更是难上加难了。事实上,李煜至死也没有再见到宗庙(实际已不存在了)与亲友。"流水落花春去也,天上人间。"这句词中具有无穷无尽的感慨,表述了一种人生痛苦的无可奈何的迷惘心境。"流水落花"是"春去"的标志,而春归何处了呢?"天上人间"哪里也找不到了。这里就不单纯指春了,而是指今生的欢乐幸福,人间的公道正义,任你找遍天上人间,是永远也找不到了。

何日囚徒"相见欢"

《相见欢》二首

李 煜

其 一

林花谢了春红,太匆匆。无奈朝来寒雨晚来风。

胭脂泪,留人醉,几时重?自是人生长恨水长东。

其 二

无言独上西楼,月如钩。寂寞梧桐深院锁清秋。

剪不断,理还乱,是离愁。别有一般滋味在心头。

这是一篇哀伤的、优美的抒情小词。这种哀伤是不是健康的,这是建国以来争论的一个焦点。一般说来,只要是实在的忧伤,不是无病呻吟,多是健康的。清人郑板桥说:"……叹老嗟卑,一人一家之事也;忧民忧国,天地万物之事也。"像李煜这样深沉忧伤,不能不说带着忧民忧国的色彩。他的怀念故国也就包含着人民。另外,忧伤的感情,只有厌弃生活,放弃追求的厌世主义才是不健康的;追求幸福,热爱生活,由于追求不得而产生的忧伤都是健康的。"林花谢了春红,太匆匆。"诗人大手笔,落笔不凡。林中百花,谢了春日之红艳,"太匆匆",一个"太"字,千钧重力。这个"太"字,我们联想到李煜复杂的经历,尤能感到它的分量。它给人一种无可奈何之感。而这"谢了春红"的林花,或许此时尚未凋落,不过眼看着就要凋落了,这时,怎么禁得住(无奈)"朝来寒雨晚来风"呢?这时,我们感到林花已不再是林花,而是被掳掠北来的诗人的化身;春红已不再是春红,而是诗人消失掉了的生活的象征。"朝来寒雨晚来风"显然如同北宋太宗赵光义的逼迫。诗人此时已如春暮之柔弱的枯花,禁不起摧折,而"朝来寒雨晚来风"仍然是接踵而至,相继摧折,直到置之死地而后快。这样的环境不是太无情了吗?人间的生活应该是这样弱肉强食的吗?诗人实际上是在憧憬一种平等、仁爱、宁静的人生。这种追求可能是虚幻的,但它毕竟是一种正义的愿望。

"胭脂泪,留人醉,几时重?""胭脂泪"指女子满脸胭脂而流泪后冲出的痕迹,古人称之为"泪阑干"。"留人醉"指使人留恋的痴迷。"几时重"指几时才能重逢,几时才能再见。这是一个一气贯穿的短小叠句,读来有一种音乐上的美感。"几时重?"恐怕不再会有那么一个时候了。封建帝王乃至贵族一旦败落了,最令他们难过的是那一大群娇妻美妾无法安置。一个大家族败落,男主子充军、杀头,一大群女子如同财产一样被新主子占有。所有这些缱绻缠绵,无可奈何的感情此时已备足了力、蓄足了势,最后一句写出:"自是人生长恨水长东"。"恨"不是痛恨,是遗恨。东不是方位词,是动词,"向东流去"的意思。诗人由于生活处境的巨大变化,对人生的理解实在是太深刻了。

第二首写的是另外一种意境,是诗人夜深无寐,独上西楼,记景抒情的小词。"无言独上西楼"自然写出诗人的心境,"无言"二字已经透露出诗人胸中的苦闷是无法言说的。此句又照应尾句:"别有一般滋味在心头。"效果极好。"月如钩"三个字,自然而然地接续了上句,而且,如同白描小画,只一笔便勾勒出一片月色,真是大家手笔。"寂寞梧桐深院锁清秋"又是一笔勾勒出清白的月光下一片梧桐院落的景象。"寂寞"二字点出诗人的心境;"锁清秋"三字尤以凄寒沉闷的景致强化了这寂寞的心境。以上是记景,景中已然透入了情。下半阕是抒情的神笔,为一般诗人所不敢匹敌的。"剪不断,理还乱,是离愁。"这也是一气贯穿的三个叠句,只要你反复咏读,你就会感觉到其中的神韵,读诗读到品出神韵来的时候,不啻是一种享受。"剪不断"、"理还乱",怎么办? 毫无办法,只有忍受着痛苦的煎熬——"别有一般滋味在心头",酸、甜、苦、辣,什么滋味都有,人生的五味瓶给人留下的最终还是痛苦,而且是无穷无尽的。

抚今追昔泪滂沱

破阵子

李 煜

四十年来家国,三千里地山河。凤阁龙楼连霄汉,玉树琼枝作烟萝。几曾识干戈? 一旦归为臣虏,沈腰潘鬓消磨。最是仓皇辞庙日,教坊犹奏别离歌。垂泪对宫娥。

这是一篇国破家亡的悼伤诗。李煜于975年被俘投降,时年39岁,距逝世只有三年。"四十年来家国"指李煜出生到被俘,大约四十年,后则国破家亡了。另外,南唐烈祖李昇(李煜的祖父)于公元937年代吴称帝,南唐建国;经中祖(元宗)李璟(李煜之父)到后主投降(975)整整三十九年,约四十年。"四十年来家国"也可能指此。"三千里地山河",南唐建国后,疆域辽阔,后又灭了闽楚,其极盛时据有今之江苏、安徽淮河以南和福建、江西、湖南、及湖北东部,毗连数十个州、郡,说"三千里江山",为数不多。后二句"凤阁龙楼连霄汉,玉树琼枝作烟萝。"是写江南优美的景致与繁华富庶的生活。"几曾识干戈?"是写江南的和平宁静生活。词的上半阕是写过去,也就是李煜作太子、当皇帝时的生活景况,词句清新、明丽,格调悠然,令人向往。下半阕写被俘以后的生活方式。"归为臣虏"就是作了人家的臣子与俘虏。"沈腰",指梁朝的沈约。沈约与徐勉素善,遂以书陈情于勉,言己老病,"百日数旬,革带常应移孔,以手握臂,率计月小半分。以此推算,岂能支久?"这位沈约百日之内几次移动皮腰带的孔眼儿,说他瘦得很快;每一个月手臂就减半分,也是说瘦。"潘鬓"指潘岳,他的《秋兴赋》序说:"余春秋三十有二,始见二毛。"是说他自己只有三十二岁,就生出白发(二毛)。那么,"沈腰潘鬓消磨",诗人说自己也像沈约一样一天天瘦下去;也像潘岳那样,年纪未老,头发斑白。最后,诗人回顾当年辞别金陵宗庙之时,仓皇之间礼拜完毕,教坊的歌女们偏偏唱起忧伤难忍的别离之歌。我曾经满眼含泪面对着宫娥们无可奈何地叹息。这首词的特点是上下阕断然分明,一喜一忧。结尾诗人要说的直接意思是再也见不到四离五散的故人了。

第三章 两宋风雅

思乡报国两忧心

渔家傲

范仲淹

塞下秋来风景异,衡阳雁去无留意。四面边声连角起。千嶂里,长烟落日孤城闭。 浊酒一杯家万里,燕然未勒归无计。羌管悠悠霜满地。人不寐,将军白发征夫泪。

这是一篇意蕴深沉的边塞诗。作者范仲淹(989－1052),字希文,祖籍陕西,后迁居吴县(今苏州市)。宋真宗大中祥符八年(1015)进士。历任知州、司谏、吏部员外郎等职。宋仁宗康定元年(1040),范仲淹任陕西经略安抚副使兼知延州(今延安),抵御西夏。《渔家傲》作于此时。

"塞下秋来风景异,衡阳雁去无留意。""塞下"指边塞,古人说"塞下"与"塞上"都是一个意思。"风景异",就是风景与一般地方不同。范仲淹是苏州人,来到陕北,又是秋季,当然感到"风景异"了。但这只是一个方面,另一个方面在下文中就可看到,这里的风景多有边塞防御备战的气氛,而这又是作者心中的大事。所以,作者观看风景自然要关心这种气氛,而这种气氛又显出"风景异"来。中国人习惯认为,大雁是捎书的飞禽,事情可见《汉书・苏武传》。而大雁秋去春来,秋季从北方飞往南方,到了衡阳就不再南飞了。衡阳有个回雁峰,第二年春季,大雁又从那里回到北方。此时诗人见到的大雁,称衡阳雁,正是这个意思。"无留意",一方面是没有留下的意思;另一方面是没有稍等一等,给我们带上一封信的意思。"四面边声连角起"这是"风景异"的集中表现。这里所谓边声,是指边塞的声音、有风吹草动的声音、胡笳互动的声音、牧马悲鸣的声音,还有士兵的悲歌、号角发出的声音、此时,在千山环抱的山谷中,"长烟落日孤城闭"。长烟指天空中的烟气。长烟与夕阳围抱着的"孤城",太阳没落就关上城门了。这里可以看出战事的紧张,"孤城"早闭,可以看出防卫的慎重与军事力量薄弱,也可看出四周没有援兵呼应,只是孤城,不得不早些关闭城门。这就是我们上文所说的"风景异"的第二层含义,即诗人带领士兵在此孤城而孤军坚守的气氛。这种气氛影响着诗人对景物的观瞻。

"浊酒一杯家万里,燕然未勒归无计。""浊酒一杯"看出诗人想家心切,酒杯一举,立即想起家乡,家乡却是万里之遥。想到家乡必然要想到回去,但是眼前还是不能回去的(归无计)。为什么呢?因为"燕然未勒"。汉和帝永和元(89)年大将军窦宪大破北匈奴,曾经登此山,"刻石勒功而还"。勒还是刻的意思。是说刻石记功后归来。范仲淹此时尚未成功,不能刻功于石上而还,所以叫"燕然未勒",于是也就不能回家,也就"无计可归"了。"羌管悠悠霜满地"是说士兵们吹奏羌管,即羌笛,悠悠地响着,眼前满地白霜,一片凄凉景象。羌管之中吹奏的都是什么曲子呢?不必细想,自然是思乡的曲子。唐代诗人李益的《夜上受降城闻笛》说:"不知何处吹芦管,一夜征人尽望乡。"征夫一夜吹奏的曲子都是望乡曲。诗人接下去写道:"人不寐,将军白发征夫泪。"人们在白天的时候,一般还不肯流泪;夜间躺在坑上,夜深无寐,又无人看见,于是就要流出泪来了。而将军呢?还要为白发而忧心。作诗的这一年,范仲淹已经是六十岁的老翁了。

此诗写的是一种矛盾的心情,即思家与报国的矛盾。诗人颇有报国之心,但也看出他痛恨朝廷的腐败,军事的无能,报国之志不得伸展的愤憷之情,此时就更增添了思家的心绪。

燕归花落失春踪

浣溪沙

晏　殊

一曲新词酒一杯,去年天气旧亭台,夕阳西下几时回。

无可奈何花落去,似曾相识燕归来,小园香径独徘徊。

这是一篇绝妙的感时伤逝的小巧词作。通篇格调纤细、清幽、超脱,而且充满人生之情趣。这首小词集中表现了晏殊的作品的风格。这首词颇具孔子评《诗经》时所说的"乐而不淫、哀而不伤"的特点。作者晏殊(991－1055),字同叔,抚州临川(今江西抚州)人。景德二年(1005)以神童召试,赐同进士出身。仁宗时,官至同中书门下平章事兼枢密使,位至宰相。吴处厚的《青箱杂记》中说他的诗"全无些脂腻气"。晏殊终生富贵,享尽荣华,但是他的诗确实没有粉脂厌腻之气,这一点是很不简单的。

"一曲新词酒一杯",这是极普通极自然的语言。小词起句似乎很平淡,但是,第二句一出,立即看出第一句也不平淡。"去年天气旧亭台",仍然是去年的天气,去年的亭台,一切都与去年一样,只有一件不同了,就是时光消逝了一年。这里已经点出感时伤逝的主旨。"夕阳西下几时回?"这一句问得极妙。"夕阳西下",第二天早上就能升起,这还用问吗?然而,如果是这个意思那就不是诗了。这里的意思是说,今日的夕阳西下,再也不会有了;明日太阳东升,就不再是今日的夕阳。因为光阴已经消逝了,而且是永远也不会回来了。"浣溪沙",词牌下半阕的前两句要求是一副工对儿。"无可奈何花落去,似曾相识燕归来。"这两句实在是神句,写出人生极微妙的感受。"花落去"是无可奈何的,谁能让花儿永不凋落呢？但诗人在这里还有另外的意思，就是，人的生命也随着花儿一年一年地缓缓地落去，这才是无可奈何的，这才是值得忧虑的。越是荣华富贵之人越希望长寿，但能不能长寿却不取决于人的愿望。这是人生共同的遗恨。尤为巧妙的还是"似曾相识燕归来"。这是喜而又忧的句子。今年归来的燕子是不是去年的那一只燕子呢？据说，有人说燕子今年在这里作巢，明年本来还会回来的。有人在燕子要飞走的时候，剪了它的爪作个记号，第二年果然回来了（见晋傅咸《燕赋序》）。如果这首词明确写出今年的燕子就是去年的，反而没有了诗意，唯其在似与不似之间，即似曾相识，才有无穷无尽的回味余地，这才是诗。最后一句收尾："小园香径独徘徊。"为什么而徘徊呢？为上文所说的感时伤逝的思绪。

洗字还原炼句功

泊船瓜洲

王安石

京口瓜洲一水间，钟山只隔数重山。

春风又绿江南岸，明月何时照我还。

这是一首构思奇异的怀乡诗。这诗看似简单，其实极为复杂，这要从王安石的变法说起。治平四年（1067），宋神宗召江宁知府任上的王安石入京为翰林学士；两年后，任参知政事，行宰相职。同年，宋神宗委任王安石推行新法。变法损害了大官僚、大地主的利益，遭到朝野上下顽固派的强烈反对。王安石极为崇敬的欧阳修也反对他的"青苗法"；司马光撰文发难；好友曾巩也相劝掣肘（阻挠、捣乱的意思）；王安石的两个弟弟也不支持他，极力支持新法的他的儿子王雱又不幸早夭；对他打击最大的还是改革派内部的分裂。他一手提拔起来的得力助手吕惠卿为了个人私利反戈攻讦……所有这些逼迫王安石于熙宁七年（1074）辞去宰相职务，回到江宁任知府。第二年，改革派内部没有一个能够主持全局并能孚众望的人物，宋神宗又起用他任"同平章事"，调回京师。此诗就是王安石离开金陵（今南京），从京口（今江苏镇江）渡过长江抵达瓜洲（今江苏江都县南），舟停至此，回首江南，作成此诗。王安石是抚州临川（今江西抚州市）人，生于临江郡的清江县（今江西清江）。王安石的父亲曾任江宁通判，王安石年轻时在扬州、常州任职多年，罢相后又回金陵，所以，在他心目中，金陵就是他的故乡。晚年归隐，他也回到金陵。这就是说，诗人刚离开"故乡"，正要登陆起程北上，还没有走就想到"明月何时照我还"了，这种心境是极其难以理解的。"京口瓜洲一水间，钟山只隔数重山"。这是极其平易明白的句子，但蕴含着深沉的感情。京口与瓜洲只是一水之隔，钟山（今南京紫金山）也只有数重山之隔，但是我想回到"故乡"却是难上加难。诗人北上是赴宰相之任，按一般人正是喜出望外的，但王安石是一位改革家，改革就要有种种惊险的斗争，何况，此时变法面对的局面也是难以收拾的。虽然皇帝重视他，但大臣中反对派居多，改革派内部貌合神离，甚至反戈相击。所有这些情况，难免使诗人有一种矛盾的心情，有一种厌战的心理。而王安石又是一个素养全面的学者，归隐治学是他长期以来的愿望。在这种矛盾心情的驱使下，诗人写了这首诗，才有这样尚未启程便想到回归的奇怪诗句。下面的诗句尤其表现出诗人的怀乡思隐的心理。"春风又绿江南岸，明月何时照我还。"诗人站在长江北岸向南瞭望，春风又吹绿了江南的芳草，"故乡"的美景又展现在眼前，那么，什么时候，明月又可以照着我的身影，伴我还乡呢？当然，这里也意味着何时能把改革搞好，让我胜利还乡的意思。面对王安石的处境，想到商鞅死于车裂，也得说王安石是中国改革家中的幸运儿了！

关于此诗，有一段佳话，洪迈在《容斋续笔》里说："吴中士人家藏其草(指此诗的草稿——本书编者按)。初云'又到江南岸'。圈去'到'字,注曰'不好'。改为'过',复圈去而改为'入'。旋改为'满'。凡如是十许字,始定为'绿'。"这是说,诗中的"绿"字,诗人是改用了十几个字才确定用它的。这个"绿"字,确实比"到"、"过"、"入"、"满"等字都好得多。它是一个使动词,是"春风"使"江南岸"变"绿"了,这就极好。春风,直接用动词表述它不但太直白,而且不合情理。它不是水,不能"到"、不能"入",也不能"满",勉强说也未尝不可,但是毕竟缺少形象感,不是诗的语言。说"春风又过江南岸",当然可以,但是,春风不是一吹而过的,而是要在江南岸上逗留许久的。唯独"春风又绿江南岸"是诗的语言,因为它不是着眼于春风的"动作",它是着眼于春风的结果,春风给江南带来一片绿色,诗情画意盎然生发出来,确是神来之笔。

使君旋即得佳诗

浣溪沙(二首)

苏 轼

照日深红暖见鱼,连村绿暗晚藏乌,黄童白叟聚睢盱。

麋鹿逢人虽未惯,猿猱闻鼓不须呼,归来说与采桑姑。

旋抹红妆看使君,三三五五棘篱门,相排踏破蒨罗裙。

老幼扶携收麦社,乌鸢翔舞赛神村,道逢醉叟卧黄昏。

这是一篇情调殊异的田园风俗诗。

睢盱(suī xū),是抬眼瞻视,指喜悦的样子。麋(mí)是鹿的一种,俗称四不像。猿猱,猴的一种。采,同採。姑,指姑娘。旋,犹言转身之间,指匆匆忙忙的样子。使君,汉代称太守为使君,此指州郡长官,也是指苏轼自己。棘,动词。言如"棘"一般簇立在篱门外的意思。蒨罗裙,是用茜草红汁染成的罗裙。社,祠堂的意思。赛神指农民在祠堂前祭神时组织些娱乐活动。

北宋元丰元年(1078),徐州大旱。苏轼任徐州知州,前往石潭求雨。雨后,又往石潭谢雨。途中作五首《浣溪沙》,此是其一、其二两首。第一首写久旱得雨,雨后又响晴的农村欢乐情景。首句写鱼。旱后写鱼,实则写水,确是妙笔。二句写邻村之间的乌鸦傍晚藏身。三句写儿童与老叟见到"使君"的高兴神态。深红、绿暗、黄童、白叟,给人色彩分明之感。下半阕妙在写麋鹿看人未惯,与前边白叟看使君惊愕神情相似;闻鼓而来,不须呼叫的猿猴,那神态又与黄童一样。此四个镜头如用现代录像机录下来,定是妙趣横生。末句写黄童、白叟跑来把迎接使君的热闹场面说给采桑的姑娘们听。

第二首写采桑姑娘们听说之后,马上三抹两抹打扮起来,然后三三五五地聚簇在篱笆门外看"使君"。姑娘们拘泥地挤在一起,互相踏破了身上的蒨罗裙,神态极其逼真。接着写农民们扶老携幼来到祠堂前的麦场上,隆重祭祀,感谢上天赐予甘雨。同时不免搞一些文娱体育活动。而祭神的肉食引来了乌鸢(yuān)在空中翔绕,又是一个生动的画面。神社散去,归来途中见一老叟醉卧在黄昏时的道边,睡得正酣。倘若有人将一千年前的生活景物给你拍出照片来,你将感受如何? 其实,苏轼这词,正犹如一幅幅照片摆在你面前,只待你细心鉴赏了。这种写法叫做白描手法,即随手截来些生活中的小镜头,如素描一般写下来,就是白描。

诗魂遥寄北邙山

江城子

乙卯正月二十日夜记梦

苏 轼

十年生死两茫茫。不思量,自难忘。千里孤坟,无处话凄凉。纵使相逢应不识，尘满面，鬓如霜。　夜来幽梦忽还乡，小轩窗，正梳妆。相顾无言，唯有泪千行。料得年年肠断处，明月夜，短松冈。

　　这是一篇悲哀沉痛、忧郁婉转的悼亡诗。在中国古典诗歌中，作为悼亡诗，它可以与潘岳的《悼亡诗》与元稹的《遣悲怀》并肩媲美。如果从构思之奇巧、思绪之哀婉、意境之空灵的角度说，又远胜潘、元之作。可以毫不夸张地说，苏轼这首小词，作为悼亡之作，古今独步。一般的悼亡诗，离不开忆旧抒怀、睹物思人之类，虽然也有好诗，但绝没有苏轼此词的灵性飞升的意境。悼亡诗是最难作的，因为生人、死者之间没有任何沟通的渠道。苏轼此词选材奇绝，在生人与死者之间，只有一个接触的机缘，这就是梦中。而梦是飘忽迷离，难以捕捉的，不是高手不敢尝试。苏轼抓住这唯一的通道，大胆投诗，寄往北邙山。北邙山在洛阳郊外，是贵族豪门葬身的墓地，类似今日之北京八宝山。所以，我们说投诗北邙山，就是投诗给死者以寄寓愁肠百结的心情。

　　苏轼十九岁时，在家乡四川眉山娶妻王氏，名王弗，年十六，温柔贤惠，美貌动人。十年后，王弗病死，苏轼悲恸欲绝。他的父亲苏洵也于同年死于汴京，苏轼所承受的打击可想而知。熙宁八年（1075），苏轼因在朝廷受到改革派的打击，被外派到密州（今山东诸城）任知州，突然于正月二十日夜间，在梦中见到死去十年的前妻，梦醒之后，悲痛万分，百感交集，无可奈何之际写下了这首词。

　　"十年生死两茫茫"，首句一出，气度不凡，点出悼亡诗最难着笔之意。生人与死者必是两处茫茫，无由相见的，所谓生离死别，人间之大痛。"不思量，自难忘。"两句尤为深沉。有的版本说，作者到密州"忙于处理政务，生活上困苦到食杞菊以维持的地步，而且继室王润之（王弗堂妹）及儿子都在身边……"所以，平时就"不思量"了。这说法当然不能说一定不对，但这里的"不思量，自难忘"不是这个意思。这是个假设句，是

"即使不思量，也自然难以忘怀"的意思；"倘若思量，那就念念不忘了。"总之，这是一种抒情的方式，而不是叙事的方式。"千里孤坟，无处话凄凉。"这是说，前妻的孤坟是在千里之外，否则，前妻十周年祭日，无论如何也得到坟上去祭奠的。前妻的坟在何处，现无确凿证据，苏轼的父亲去世，作者与苏辙曾"扶丧归葬"，推断可能都葬在故乡。不管这个推测对与不对，前妻的坟墓在千里之外是无疑的，因为诗中明确交代了。"纵使相逢应不识，尘满面，鬓如霜。"这句写得尤其沉痛。这是说，纵使你现在能见到我，恐怕也认不出我来了。我已经成了"尘满面、鬓如霜"的样子了。苏轼这年已四十岁，添些白发是可能的。这句诗中，除了对前妻思念之外，还有对自己十年来惨痛遭遇的倾述，感情是极其沉痛的。而且，有这样的心思：如果你还活着，我还可将十年的苦闷倾诉给你，你也可以替我担些忧愁，现在，只有我孤零零一个人面对这个蛮横无理的世界了。下边的五句是直接写梦。"夜来幽梦忽还乡，小轩窗，正梳妆。相顾无言，唯有泪千行。"这个记梦的笔法极好。作者梦见自己忽然回到家乡，前妻正在小轩窗下梳妆，从情境看似乎是刚结婚时候的情境的重演。但是，此番相见与当年相见迥然不同，现在是"相顾无言，唯有泪千行"。梦中的妻子也受到生者感情的感染，也流下了千行热泪。这是多么感人肺腑的情境，这是多么悲痛难言的景况啊！"无言而有千行泪"，一则使人感到生者与死者之间的决绝而不可通融的悲伤；二则，即使是两个生者相见，此时也将不知道那话儿从何说起，也将是"相顾无言，唯有泪千行"的。最后一句收尾，诗人留下一个空荡荡的景象，使读者心里也顿生空荡荡的感觉："料得年年肠断处，明月夜，短松冈。"这正是此词的妙意所在。

高歌醉酒望婵娟

水调歌头

丙辰中秋，欢饮达旦，大醉。

作此篇，兼怀子由。

苏 轼

明月几时有？把酒问青天。不知天上宫阙，今夕是何年。我欲乘风归去，又恐琼楼玉宇，高处不胜寒。起舞弄清影，何似在人间。　转朱阁，低绮户，照无眠。不应有恨，何事长向别时圆？人有悲欢离合，月有阴晴圆缺，此事古难全。但愿人长久，千里共婵娟。

这是一篇灵感生发，神采飞扬的抒情诗。这样的"绝妙好词"，非东坡之大手笔，不能作出。这首词的显著特点，从创作方法角度说，诗人采用了浪漫主义的创作方法。苏轼在中国文学史上，是继屈原、曹植、李白之后又一个浪漫主义大家。浪漫主义创作方法的特点是超现实、重理想、凭想象虚构出意境来。这首词兼有五绝：咏月，应属绝唱；怀人，也属绝唱；灵感飞升，人间天上，为其一绝；醉酒赋词，才气漫溢，亦当一绝；旷达疏放，不滞于物，尤是一绝。这实在是古今难得的好词。

"明月几时有？把酒问青天。"开首之句，起笔不凡。"明月几时有"，就是"月有阴晴圆缺"，如同"人有悲欢离合"，都需要"问青天"才能知道，人们是无法知道这天上的奥秘与人间的命运的。"不知天上宫阙，今夕是何年。"这句诗的含义极广。既然天上的宫阙，连年号与人间都不一样，那么，那里的一切都应该是另一种样子吧！那个世界与我们这个世界相比，将是怎样的情况呢？诗人是在对现实世界深恶痛绝的心情下才去推想天上的世界的。想来想去，还是说"我欲乘风归去"但马上又产生了矛盾，"又恐琼楼玉宇，高处不胜寒"。诗人要"乘风归去"，投向仙境，完全脱离尘寰的这个世界。可是,诗人并不敢把天宫想得万事如意,也想象出一些困难与不如意来。这表达了诗人的哲学思想,生活中的幸福是调解主观、客观两个方面因素的结果,任何地方,包括天宫也不会是客观景况完全合乎人的心愿的。所以,后文诗人提出调解自我的观点。宋代诗人讲究理趣,这里便是一种理趣。"起舞弄清影,何似在人间。"我现在起身舞蹈,调弄着自家的身影,我也仿佛羽化升仙了,哪里像是在人间的样子呢? 此时诗人并没有羽化升天,为什么这样说呢? 这是一种醉态,是一种醉后神游仙境的错觉,如同诗人在《念奴娇·赤壁怀古》的词中所说是"故国神游",是一种精神的仙游。下半阕连续的三个短句,诗人在舞姿婆娑的状态中借咏月光回到了人间。月亮转过朱阁,低窥绮户,照见无眠之人。这是说此时月光照在我的身上。"不应有恨,何事长向别时圆?"月光啊! 你慷慨地照到我这个不眠的忧愁的人,但是,你既然已经团圆了,说明你的心中是"无恨"的了。诗人石延年在为唐代诗人李贺的"天若有情天亦老"一句诗作对偶句时说的,"月如无恨月长圆。"你今日这样团圆,必是你"无恨"了吧! 可是你为什么在人们离别的时候才圆起来呢? 莫非你要造成一种"月圆人不圆"的遗恨吗? 你自己无恨,却造成人家心中的遗恨,你这到底是怎么回事呢? 接着,诗人开始解开这个疑团,终于从自我主观调解的角度找到了解决这一矛盾的办法:"人有悲欢离合,月有阴晴圆缺,此事古难全。"看来,这悲欢离合,这阴晴圆缺,既然是自古有之,也就是合情合理的了,至少是只能如此了。那么,人们也就应该顺应这一自古而然的趋势,怎能要求"月无阴晴圆缺,人无悲欢离合"呢? 于是,我与我的兄弟子由也只有期望各自健康长寿,千里之外,共看这美丽的婵娟了。

这首词在哲理上是很复杂的,它体现了中国古典哲学的道家的思想,它体现了《易经》中天、地、人合一的思想,亦即司马迁在《报任安书》

中所说的"究天人之际，通古今之变，成一家之言。"这样的思想，青少年
朋友们需要慢慢品味，这里不作详细说明。

落花残柳最伤春

念奴娇

李清照

萧条庭院，
又斜风细雨，
重门须闭。
宠柳娇花寒食近，
种种恼人天气。
险韵诗成，
扶头酒醒，
别是闲滋味。
征鸿过尽，
万千心事难寄。

楼上几日春寒，
帘垂四面，
玉阑干慵倚。
被冷香消新梦觉，
不许愁人不起。
清露晨流，
新桐初引，
多少游春意！

日高烟敛，

更看今日晴未？

【注解】

1. 险韵诗：以冷僻难押的字做韵脚的诗。

2. 扶头酒：易醉的酒。

3. 初引：初长。《世说新语·赏誉》："于时清露晨流，新桐初引。"这两句形容春日清晨，露珠晶莹欲滴，桐树初展嫩芽。

李清照

【评析】

这首词写雨后春景，抒深闺寂寞之情。上片写"心事难寄"，从阴雨寒食，天气恼人，引出以诗酒遣愁。下片说"新梦初觉"，从梦后晓晴引起游春之意。全词以细腻曲折的笔触。通过对春景的描写，真切地展示诗人独居深闺的心理情态。语浅情深，清丽婉妙。

根据词意，这首词当作于南渡之前。赵明诚出仕在外，词人独处深闺，每当春秋暇日，一种离情别绪便油然而生。这首词写的就是春日离情。

"萧条庭院"句写词人所处的环境，给人以寂寞幽深之感。庭院深深，寂寥无人，令人伤感；兼以细雨斜风，则景象之萧条，心境之凄苦，更觉怆然。一句"重门须闭"，写词人要把门儿关上，实际上她是想关闭心灵的窗户。

"宠柳娇花寒食近，种种恼人天气"，这两句由斜风细雨，而想到宠柳娇花，既倾注了对美好事物的关心，也透露出惆怅自怜的感慨。"萧条庭院"句在遣词造句上，也显示了词人独创的才能。"宠柳娇花"可以和名句"绿肥红瘦"相媲美,以其字少而意深,事熟而句生,足见锤炼功夫。其中可以引申出这么一些意思:春近寒食时节,垂柳繁花,犹得天宠,人来柳阴花下留连玩赏,花与柳便也如宠儿娇女,成为备受人们爱怜的角色。其中又以人之宠爱为主体,奈何临近寒食清明这种多雨季节,游赏不成,只好深闭重门,而花受风雨摧残,也在"恼人"之列。

"险韵诗成,扶头酒醒,别是闲滋味",由天气、花柳,渐次写到人物。"险韵诗",指用冷僻难押的字押韵作诗。"扶头酒"是饮后易醉的一种酒。风雨之夕,词人饮酒赋诗,借以排遣愁绪,然而诗成酒醒之后,无端愁绪重又袭上心头,"别是闲滋味"。一"闲"字,将伤春念远情怀,暗暗逗出,耐人寻味。"征鸿过尽"句点上片主旨,是虚写,实际上是用鸿雁传书的典故,暗寓赵明诚走后,词人欲寄相思,而信使难逢。"万千心事",关它不住,遣它不成,寄也无方,最后还是把它深深地埋藏心底。

"楼上几日春寒"句拓开一层,然仍承"万千心事"意脉。连日阴霾,春寒料峭,词人楼头深坐,帘垂四面。"帘垂四面",是上阕"重门须闭"的进一步发展,既关上重门,又垂下帘幕,则小楼之幽暗可知;楼中人情怀之索寞,亦不言而喻了。"玉阑干慵倚",刻画词人无聊意绪,而隐隐离情亦在其中。征鸿过尽,音信无凭,纵使阑干倚遍,亦复何用!阑干慵倚,楼内寒深,枯坐更加愁闷,于是词人唯有恹恹入睡了。可是又感罗衾不耐春寒,渐渐从梦中惊醒。心事无人可告,唯有托诸梦境;而梦乡新到,又被寒冷唤回。

其辗转难眠之意、凄然之情溢于言表。"不许愁人不起",多少无可奈何的情绪,都包含在这六字之中,词人为离情所折磨而痛苦不堪,又因赵明诚外出而实有此情,并非虚构。虚虚实实,感人至深。

从"清露晨流"到篇终,词境为之一变。此前,词清调苦,婉曲深挚;此后,清空疏朗,低徊蕴藉。

"清露晨流,新桐初引"写晨起时庭院中景色。从"重门须闭"、"帘垂四面"，至此帘卷门开，顿然令人感到一股盎然生意。日既高，烟既收，本是大好晴天，但词人还要"更看今日晴未"，说明春寒日久，阴晴不定，即便天已放晴，她还放心不下；暗中与前面所写的风雨春寒相呼应，脉络清晰。以问句作结，更有余味不尽的意味。

这首词选本题作"春情"或"春日闺情"。全词从上片的天阴写到下片的天晴，从前面的愁绪萦回到后面的轩朗，条理清晰，层次井然。词中感情的起伏和天气的变化相谐而生，全篇融情入景，浑然天成。是一首别具一格的闺怨词。

海棠肥瘦漫评章

如梦令（二首）

李清照

常记溪亭日暮，沉醉不知归路。兴尽晚回舟，误入藕花深处。争渡，争渡，惊起一滩鸥鹭。

昨夜雨疏风骤，浓睡不消残酒。试问卷帘人，却道海棠依旧。知否，知否？应是绿肥红瘦。

这是两首意蕴深厚的闲适词。闲适词从内容分两种，一是内容空洞，穷极无聊，显示作诗词者灵魂空虚的闲适诗词；一是意蕴深厚，寓有诗人之喜怒哀乐、理想追求的闲适诗词。前者毫无价值，后者价值较大。李清照的这两首闲适词当属后者。李清照是宋代大词人。在整个中国文学史上，能够与她相匹比的，只有东汉末年的女诗人蔡琰，即蔡文姬。李清照（1084－1155），字易安，济南人。其父李格非是宋哲宗时的礼部员外郎。李清照十八岁嫁给吏部侍郎赵挺之的儿子赵明诚。赵明诚是汴京太学里的学生，后授官莱州、江宁府知州等。不幸的是，李清照四十八岁时，赵明诚病故，李清照又遭了诬陷，有所谓"颁金"之案，有人诬陷她"通敌"。其实，李清照作为一个无依无靠的寡妇，何能"通敌"？这场祸患的来临不过是因李清照的诗词中有爱国主义的思想,反对南宋统治者退避江南,不思收复中原国土的卑劣行径。李清照著名的五言绝句《夏日绝句》中说:"生当作人杰,死亦为鬼雄。至今思项羽,不肯过江东。"就是借项羽的大义行为讽刺南宋统治者偏安半壁江山的可耻行为。从此之后,诗人苦难重重,又加上战乱频起,流离避难,晚年竟不知所终。她的作品也明显以赵明诚的逝世而分成前后两期。前期作品多是些闺怨诗,反映封建社会妇女生活的苦闷;后期作品则格调激昂,多有爱国爱民的铿锵之音。"国家不幸诗人幸",时代的苦难与个人的痛苦增添了她的作品的思想性与艺术性,这也是不幸中的大幸。

"常记溪亭日暮,沉醉不知归路。"这是写"溪亭"醉酒,日暮归家,却因"沉醉"而不知路径。但是,诗人在酒醉状态中,看出一种解脱,有一种"既已身居舴艋舟,满江春水任其流"的情致,这正是人们常有的醉酒心理。所谓"一醉解千愁",并非真的把"千愁"解了,而是能够暂时忘却某些操心的事情。如果不是醉酒,诗人将为"不知归路"而发愁;现在醉酒了,可以不顾此事了。这便是一种解脱。当诗人泊船漫驶之际,酒兴方尽,却"误入藕花深处"。倘真是一望无际的"藕花深处",则可能真的就"不知归路"了——于是"争渡,争渡",无意之中却"惊起一滩鸥鹭"。这是多么清爽,多么逍遥,多么惬意的事情啊!

第二首完全是另外一种.情调。"昨夜雨疏风骤,浓睡不消残酒。"前一句写耳朵听到的、眼睛并未看到的窗外的"雨疏风骤"的景象。这与孟浩然的"夜来风雨声。"(见本书《睡意蒙眬念落花》一章)的意境是相近的。此词后文与卷帘人的对话,也表现了与"花落知多少"的意境相近。而且,我们大抵可以断定,女词人这首词的创作,不管她是自觉的还是不自觉的,在构思时肯定是受到了孟浩然这首小诗的影响。诗人一夜之间听到的是"雨疏风骤",而感到的却是"浓睡不消残酒"。看来,李清照不仅作诗时经常写到酒,而且,一定是一个饮酒的行家。从这句诗中所写的感受就能看出她饮酒是内行的。浓睡醒来，关心外边的海棠花，于是，问卷帘人，估计是个侍女，侍女答道是"海棠依旧"。大约是侍女没有仔细观察，没有觉察出来。诗人告诉侍女："你知道吗？你知道吗？应该是绿的叶子要肥些，红的花儿要瘦些。"这"绿肥红瘦"四个字，实在是千秋绝唱。它轻易地将人的肥与瘦的用词用在红花绿叶儿上，这本身就给人一种美感。这种形容方式，博得了千载以来诗人们的赞颂。这四个字，实际上只是造个词，可见，造个词也是何等的不容易啊！

西风帘幕瘦黄花

醉花阴

李清照

薄雾浓云愁永昼，瑞脑消金兽。佳节又重阳，玉枕纱厨，半夜凉初透。东篱把酒黄昏后，有暗香盈袖。莫道不销魂，帘卷西风，人比黄花瘦。

这是一首描写情愁的词，也是李清照的一篇代表作。词中写道：薄薄的雾与浓浓的云使人整天整天的愁绪难解。永昼：漫长的白昼。瑞脑是一种香，叫龙麝香；金兽，指香炉。"瑞脑消金兽"就是龙麝香在香炉里燃烧殆尽。玉枕是装饰着美玉的枕头。纱厨，也写作纱幮或纱廚，是一种纱制的帷帐，用以间隔与避蚊。这一句是说：佳节又到了重阳日，夜深无寐，玉枕与纱厨，到了夜半之时，全都凉透了。东篱，字面意思是东边的篱笆。晋代诗人陶渊明有"采菊东篱下，悠然见南山"的著名诗句，从此陶渊明、东篱与菊花三位一体，密不可分。这句的意思是：我在昨日黄昏之后，也像陶渊明先生一样，手把酒杯，饮了几杯酒。这时，幽暗的菊花香气浸满了我的衣袖。销魂，此词有时指极度欢乐，有时指极度悲伤。这里是指极度悲伤。这句诗的意思是：不要说人的心情还不够悲伤，只要你卷起西风吹拂着的窗帘儿来，你就会发现，人比黄花（菊花）还要消瘦。黄花是很瘦的，人比黄花还要消瘦，是因为人的心中充满了愁绪。

那么,这是什么愁绪呢?诗人在另一首词《凤凰台上忆吹箫》中写道:"……新来瘦,非关病酒,不是悲秋。"那么,到底是什么愁绪呢?恐怕是情愁,这是封建时代闺阁诗人们常写的一种愁绪。这里写的是诗人与丈夫离别之后的相思之情。此词末尾一句,是描写愁绪的千古佳句。元代伊世珍的《瑯嬛记》记载:李清照把这首词寄给她的丈夫赵明诚,赵明诚极度叹赏,并自愧作诗不如妻子。于是闭门谢客三天三夜,写出五十首格调类似的词,与李清照的词掺杂在一起,给一个叫陆德夫的朋友看。陆德夫看了半天,说:"只有三句是绝对的佳句。"赵明诚问是哪三句,陆德夫说:"莫道不销魂,帘卷西风,人比黄花瘦。"这正是李清照作的词。

千秋浩气满江红

满江红(其一)

岳 飞

怒发冲冠,凭栏处,潇潇雨歇。抬望眼,仰天长啸,壮怀激烈。三十功名尘与土,八千里路云和月。莫等闲,白了少年头,空悲切。 靖康耻,犹未雪。臣子恨,何时灭?驾长车,踏破贺兰山缺。壮志饥餐胡虏肉,笑谈渴饮匈奴血。待从头,收拾旧山河,朝天阙。

这是一篇浩气冲天、忠诚动地的忧民忧国的豪迈长歌。"怒发冲冠,凭栏处,潇潇雨歇。"开首抒情,这在诗词创作上是不多的。诗人满腔怒气按捺不住,才如此开篇。下句托出的雨景,又烘托了这种感情气氛。"抬望眼,仰天长啸,壮怀激烈。"第一句是写愤怒,写与敌人的不共戴天;这一句是写大志,写退敌大计未得施展。"三十功名尘与土,八千里路云和月。"具体写到自己,写三十年来,功名初立,但与抗金大业,与恢复中原相比,均与尘土一般微不足道。而八千里路纵横驰骋、戎马倥偬、披星戴月,所换来的战果仍然是金兵占领半壁国土。那么,"八千里路云和月"又有什么价值呢?思绪至此,诗人产生一种急迫感,"莫等闲,白了少年头,空悲切。"不要平平淡淡地就白了这少年人的"头",到那时,只有"空悲切"的份儿了。下半阕,笔锋一转,写到皇帝。"靖康耻,犹未雪;臣子恨,何时灭。"指靖康二年(1127),金兵掳走宋徽宗与宋钦宗这样的国耻。岳飞对赵氏皇家忠心耿耿,可他没想到,宋高宗赵构并不一定想把宋徽宗与宋钦宗接回来,因为那样他就可能丢了皇位。正是二帝被虏他才当上皇帝的。可悲的是,岳飞对二帝如此忠心,最后杀他的正是宋徽宗的儿子,宋钦宗的兄弟,这是一桩多么蹊跷的历史冤案。诗人义愤填膺,"驾长车,踏破贺兰山缺。"贺兰山,今日仍称贺兰山,在宁夏西北部。据云古时此地树木青白,色如驳马(驳同驳,斑驳的马),回鹘人称"驳"为贺兰,故称贺兰山。"踏破贺兰山缺",即指打退胡人的入侵。"壮志饥餐胡虏肉,笑谈渴饮匈奴血。"胡虏与匈奴,都借指金兵。最后,提出自家的愿望,"待从头收拾旧山河,朝天阙。"待到光复失地之后,再回到朝廷去朝拜天子。岳飞忠于皇帝,我们似乎也不能过分责怪他,但是,岳飞也太过于忠厚,倘若他夺了皇上的位,后人都未必过分责怪他。即便不这样,手握兵权剪除秦桧等人,也未必不可能。总之,我们从岳飞的悲剧可以看出中国封建官场实在是腐败之极。

满江红(其二)

登黄鹤楼有感

遥望中原,荒烟外、许多城郭。想当年,花遮柳护,凤楼龙阁。万岁山前珠翠绕,蓬壶殿里笙歌作。到而今、铁骑满郊畿,风尘恶。 兵安在?膏锋锷;民安在?填沟壑。叹江山如故,千村寥落。何日请缨提锐旅,一鞭直渡清河洛。却归来、再续汉阳游,骑黄鹤。

这首词较同调"怒发冲冠"之作时代略早,当作于绍兴四年(1134)作者收复襄阳六州驻节鄂州(今湖北武昌)时。

绍兴三年(1133)十月,金人傀儡刘豫军队占领襄阳、唐、邓、随、郢诸州府及信阳军,切断了南宋朝廷通向川陕的交通,也直接威胁到湖南、湖北百姓的安全。岳飞即接连上书奏请进兵中原，收复襄阳等六州。次年五月朝廷任命岳飞兼黄、复二州、汉阳军（湖北汉阳），德安府（湖北安陆）制置使，领兵出征。由于军纪严明、士气很高，加之部署运筹得当，岳家军在三个月内，迅速收复了襄、邓六州，有力地保卫了长江中游，打开了川陕通向朝廷进纳财赋和纲马的道路。就在这本可乘胜长驱直入收复更多失地之际，朝廷却以"三省、枢密院同奉圣旨"的名义指示岳飞只准收复六州，然后班师。于是岳飞率部回到鄂州。

尽管襄、邓大捷使得岳飞以三十二岁年龄持节封侯（武昌郡开国侯），但他并非热衷功名利禄的庸俗之辈，他念念不忘的是北伐大业。因此他仍继续上奏请示，要求选派精兵二十万人直捣中原，收复失地，以免坐失戎机。在鄂州，岳飞登临黄鹤楼，北望中原，写下了这样一首抒怀词。

这首壮词在写法上是散文化的，可分四段，层次极清。

从篇首到"蓬壶殿里笙歌作"为第一段。写登黄鹤楼遥望北方失地，引起对故国往昔"繁华"的追忆。"想当年"三字点目。"花遮柳护"四句极其简洁地写出北宋汴京宫苑之风月繁华。万岁山亦名艮岳。据《宋史·地理志·京城》记载，徽宗政和七年始筑。积土为假山，山周十余里，堂馆池亭极多，建制精巧（蓬壶是其中一堂名），四方花竹奇石，悉聚于此，专供皇帝游玩。"珠翠绕"、"笙歌作"，极写歌舞升平景象。

第二段以"到而今"三字提起（回应"想当年"），直到下片"千树寥落"句止。写北方金人占领区内铁蹄遍布，人民处于水深火热中的惨痛情景。与上段歌舞升平的景象形成对比。"铁骑满郊畿，风尘恶"二句，一扫花柳楼阁、珠歌翠舞而空，有惊心动魄之致。过片处是两组自为问答的短句。"兵安在？膏锋锷；民安在？填沟壑"。战士浴血奋战，伤于锋刃，百姓饥寒交迫，无辜被戮，死无葬身之地。言念及此，作者恨不得立即北上，解民倒悬。"叹江山如故，千村寥落"，这决不是"风景不殊，正自有山河之异"的新亭之泣，而言下正有王导"当共戮力王室，克复神州"之猛志。

所以紧接二句就写到作者心头宿愿——率领劲旅，直渡黄河，肃清敌人，恢复疆土。这两句用《汉书》终军请缨故事，浑成无迹。"何日"云云，正见出一种迫不及待的心情。

最后三句，作者以乐观主义态度设想了胜利后的欢乐。眼前他虽然登黄鹤楼，作"汉阳游"，但心情是不安宁的。或许他会暗诵"昔人已乘黄鹤去"的名篇而无限感慨。不过，待到胜利归来，"再续汉阳游"时，一切都会不同，那种快乐，恐怕只有骑鹤的神仙才可比拟呢！词的末句"骑黄鹤"三字兼切眼前事，关锁题面。

词在南北宋之交确有一次风格的变化，明快豪放代替了婉约深曲，这种艺术上的变迁根源却在于内容，在于爱国主义的主题成为词的时代性主题。当时写作豪放词的作家，多是主战派人士，包括若干抗金将领，其中也有岳飞，这种现象不是偶然的。这首《满江红》即以文法入词，从"想当年"、"到而今"、"何日"说到"待归来"，严格遵循时间顺序，结构层次分明，语言洗炼明快，已具豪放词的一般特点。

零落成泥梅也香

卜算子·咏梅

陆　游

驿外断桥边，寂寞开无主。已是黄昏独自愁，更著风和雨。

无意苦争春，一任群芳妒。零落成泥碾作尘，只有香如故。

这是一篇孤芳自赏却又坚贞不渝的咏物抒情诗。古代诗人作咏梅诗，几乎人人都有。陆游的这首咏梅诗独具特色，表达出一种坚贞不屈的精神，这正是诗人高洁思想的写照。诗人选择的梅花是驿站外面，断桥旁边的梅花，这就与高墙深院里有人精心护理的梅花不同，它没有主人，于是也就没有人照顾它。它只是寂寞地自己开放（重要的是它也照样开放）。此时的时间也是很不利的,本来到了黄昏的时刻,连行人旁眼相看的事情也没有了,更何况,加上狂风暴雨的袭击呢!

"无意苦争春,一任群芳妒。"这两句极其深刻。意思是说,我本无意去苦苦地与你们争春卖俏,无意与你们比试本领,那么,你们就没有嫉妒我的理由了。我若与你们争,你们嫉妒我,打击我,是为了把我打下来,你们就可以上去了。但是,我本不想与你们争个高低上下,你们还嫉妒我,这有什么道理呢?但是既然这样,你们一定要嫉妒我,我也没有办法,任你们去嫉妒吧!然而,我即使是零落成泥,被碾作尘土,我的香气还是要从泥里土里释放出来的。这就是我所以与众不同的地方。

毛泽东同志在 20 世纪六十年代初期作了一首《卜算子》词,也是"咏梅",而且加上一句话,叫做"读陆游咏梅诗,反其意而用之"。现在,我们不作注释、不加赏析,把毛泽东同志的词原样不变附在后边,供青少年朋友们欣赏:

卜算子·咏梅

毛泽东

风雨送春归,飞雪迎春到。已是悬崖百丈冰,犹有花枝俏。

俏也不争春,只把春来报。待到山花烂漫时,她在丛中笑。

英雄泪浥钗头凤

钗头凤

陆　游

红酥手,黄縢酒,满城春色宫墙柳。东风恶,欢情薄,一怀愁绪,几年离索。错,错,错!　春如旧,人空瘦,泪痕红浥鲛绡透。桃花落,闲池阁,山盟虽在,锦书难托。莫,莫,莫!

这是一篇血泪浸透了的爱情诗。这首词中隐含着诗人婚姻上的一段悲剧。陆游大约在二十岁时,与他母亲的侄女,他的表妹唐婉结婚。

夫妻情投意合,生活美满。不料,不久后陆游的母亲开始讨厌唐婉,逼迫陆游休妻。陆游不敢违抗母命,便与唐婉离异。此后,陆游与王氏女结婚,唐婉嫁给同郡的(与陆游也同郡,浙江山阴——今绍兴人)皇族宗室之子赵士程。数年后的一个春日,陆游在山阴南禹迹寺附近的沈园与唐婉不期而遇。唐婉为陆游备上酒肴,陆游感慨万分,写了这首词——《钗头凤》。

"红酥手,黄縢酒,满城春色宫墙柳。"红酥手,指唐婉擎着酒杯的手又红又细,委婉地写出唐婉的女性美。黄縢酒,即黄封酒。縢是约束、封闭的意思。黄縢酒是宋代一种官酿的酒,用黄罗帕或黄纸封口,故名。"满城春色宫墙柳"写景。这景物给人一种明丽、温馨却又森严、封闭的感觉,这感觉正与诗人此时的心境相同。"东风恶,欢情薄,一怀愁绪,几年离索。错,错,错!""东风恶"暗喻当年破坏这桩美满婚姻的社会世俗势力,包括了诗人的母亲在内。"欢情薄"指夫妻离异后的生活少有乐趣,多有思念。"一怀愁绪"是写诗人自己;"几年离索"写双方。后边三个"错",这是宋词里少有的格式与写法,这里表示悔恨,也表示无可奈何。

"春如旧,人空瘦,泪痕红浥鲛绡透。"春如旧,指今年春日的景致与当年夫妻团聚的时候一样,只是人却一天天瘦下来了。指二人互相的思念,而且是"空瘦",是白白地思念。鲛绡,亦作鲛销。传说海洋中有一种人鱼,叫鲛人,鲛人所织的绡叫鲛绡。这里指手帕、丝巾之类拭泪的东西。红浥,浥是沾湿。红指胭脂随泪水流下,染在手帕上。"桃花落,闲池阁,山盟虽在,锦书难托。"桃花比喻二人的情意,"闲池阁"比喻"人去楼空"。当陆游的母亲意欲赶出唐婉之时,想必陆游曾对唐婉海誓山盟地发过誓愿,所以说,"山盟虽在"——可是,锦书,表达情意的书信往哪里送呢?"莫,莫,莫!"是诗人安慰自己也是安慰对方的话语。

唐婉在看过陆游的词之后,也作了一首《钗头凤》,以作对陆游的答复,现将唐婉的调附在后边,并对之加以解析。

钗头凤

唐 婉

　　世情薄,人情恶,雨送黄昏花易落。晓风干,泪痕残。欲笺心事,独语斜阑。难,难,难!人成各,今非昨,病魂常似秋千索。角声寒,夜阑珊。怕人寻问,咽泪装欢。瞒,瞒,瞒!

　　词的上片交织着十分复杂的感情内容。"世情薄,人情恶"两句,抒写了对于封建礼教支配下的世道人心的愤恨之情。"世情"所以"薄","人情"所以"恶",盖由于受到封建礼教的腐蚀。《礼记·内则》云:"子甚宜其妻,父母不悦,出。"陆母就是根据这一条礼法,把一对好端端的恩爱夫妻拆散的。用"恶"、"薄"两字来抨击封建礼教的害人本质,极为准确有力,作者对于封建礼教的深恶痛绝之情,也借此两字得到了充分的宣泄。"雨送黄昏花易落",采用象征的手法,暗喻自己备受摧残的悲惨处境。阴雨黄昏时的花,原是陆游词中爱用的意象。其《卜算子·咏梅》云:"已是黄昏独自愁,更着风和雨。"陆游曾借以自况。唐婉把这一意象吸入己作,不仅有自悲自悼之意,而且还说明了她与陆游的心心相印,息息相通。"晓风干,泪痕残",写内心的痛苦,极为深切动人。被黄昏时分的雨水打湿了的花花草草,经晓风一吹,已经干了,而自己流淌了一夜的泪水,至天明时分,犹擦而未干,致使残痕仍在。以雨水喻泪水,在古代诗词中不乏其例,但以晓风吹得干雨水来反衬手帕擦不干泪水,借以表达出内心的永无休止的悲痛,这无疑是唐婉的独创。"欲笺心事,独语斜阑"两句是说,她想把自己内心的别离相思之情用信笺写下来寄给对方,要不要这样做呢?她在倚栏沉思独语。"难,难,难!"均为独语之词。由此可见,她终于没有这样做。这一叠声的"难"字,由千种愁恨,万种委屈合并而成,因此似简实繁,以少总多,既上承开篇两句而来,以见出处此衰薄之世做人之难,做女人之更难;又开启下文,以见做一个被休以后再嫁的女人之尤其难。

过片"人成各，今非昨，病魂常似秋千索"，这三句艺术概括力极强。"人成各"是就空间角度而言的。作者从陆游与自己两方面设想：自己在横遭离异之后固然感到孤独，而深深爱着自己的陆游不也感到形单影只吗？"今非昨"是就时间角度而言的。其间包含着多重不幸。从昨日的美满婚姻到今天的两地相思，从昨日的被迫离异到今天的被迫改嫁，这是多么不幸！但不幸的事儿还在继续："病魂常似秋千索。"说"病魂"而不说"梦魂"，显然是经过考虑的。梦魂夜驰，积劳成疾，终于成了"病魂"。昨日方有梦魂，至今日已只剩"病魂"。这也是"今非昨"的不幸。更为不幸的是，改嫁以后，竟连悲哀和流泪的自由也丧失殆尽，只能在晚上暗自伤心。"角声寒，夜阑珊。怕人寻问，咽泪装欢"四句，具体写出了这种苦境。"寒"字状角声之凄凉怨慕，"阑珊"状长夜之将尽。此皆需无眠之人方能感受如此之真切。大凡长夜失眠，愈近天明，心情愈感烦躁，而本词中的女主人公不仅无暇烦躁，反而要咽下泪水，强颜欢笑。其心境之苦痛可想而知。结句以三个"瞒"字作结，再次与开头相呼应。既然可恶的封建礼教不允许纯洁高尚的爱情存在，那就把它珍藏在心底吧！因此愈瞒，愈能见出她对陆游的一往情深和矢志不渝的忠诚。

与陆游的原词比较而言，陆游把眼前景、现在事融为一体，又灌之以悔恨交加的心情，着力描绘出一幅凄怆酸楚的感情画面，故颇能以特有的声情见称于后世。唐婉则不同，她的处境比陆游更悲苦。自古"愁思之声要妙"，而"穷苦之言易好也"（韩愈《荆潭唱和诗序》）。她只要把自己所受的愁苦真切地写出来，就是一首好词。因此，本词纯属自怨自泣、独言独语的感情倾诉，主要以缠绵执著的感情和悲惨的身世感动古今。两词所采用的艺术手段虽然不同，但都切合各自的性格、遭遇和身份。可谓各造其极，俱臻至境。合而读之，颇有珠联璧合、相映生辉之妙。

最后附带指出，世传唐婉的这首词，在宋人的记载中只有"世情薄，人情恶"两句,并说当时已"惜不得其全阕"(详陈鹄《耆旧续闻》卷十)。本词最早见于明代卓人月所编《古今词统》卷十及清代沈辰垣奉敕编之《历代诗余》卷一一八引夸娥斋主人说。由于时代略晚,故俞平伯疑为后人依残句补拟。但明人毕竟去宋未远,故本文仍据明人所见,将此词介绍给读者。

乡风淳朴留客诗

游山西村

陆 游

莫笑农家腊酒浑,丰年留客足鸡豚。

山重水复疑无路,柳暗花明又一村。

箫鼓追随春社近,衣冠简朴古风存。

从今若许闲乘月,拄杖无时夜叩门。

"莫笑农家腊酒浑,丰年留客足鸡豚。"农家虽无好酒,但遇上丰年也要留足鸡、肉等款待客人。这一句写出丰收的年景和农民热情好客的淳厚性格。"山重水复疑无路,柳暗花明又一村。"这是动中即景,写出曲折多变的景色。"山重水复"见地形复杂,显出所经山水之无穷变化。一个"疑"字点明这变化的景色是作者的主观感受所致。"又一村"则写出自己的欣喜之情。这两句写出了路疑无而实有,景似绝而复出的境界,蕴含着生活的哲理。

陆游

"箫鼓追随春社近,衣冠简朴古风存。"描绘乡村社日前夕的热闹情景。

社日未到，但农民们已经吹箫击鼓，结队往来，衣着都很简朴。"古风存"，用农民服饰的简朴盛赞他们性格的淳厚质朴。"从今若许闲乘月，拄杖无时夜叩门。"这一句写主观心境，如果今后有时间乘月色出游，我会随时拄着手杖来敲你们的门的。作者的恋恋不舍之情溢于言表。诗人陶醉在山野风光和农村的人情美里，对这次郊游发出了由衷的感叹。

此诗写于宋孝宗乾道三年（1167），在此之前，陆游曾任隆兴府通判，因为极力支持张浚北伐，被投降派劾以"交结台谏，鼓唱是非，力说张浚用兵"的罪名，罢归故里。诗人心中当然愤愤不平。对照诈伪的官场，于家乡纯朴的生活自然会产生无限的欣慰之情。此外，诗人虽貌似闲适，却未能忘情国事。秉国者目光短浅，无深谋长策，然而诗人并未丧失信心，深信总有一天否极泰来。这种心境和所游之境恰相吻合，于是两相交涉，产生了传诵千古的"山重""柳暗"一联。

这是一首纪游抒情诗。首联渲染出丰收之年农村一片宁静、欢悦的气象。腊酒，指上年腊月酿制的米酒。豚，是小猪。足鸡豚，意谓鸡豚足。这两句是说农家酒味虽薄，而待客情意却十分深厚。一个"足"字，表达了农家款客尽其所有的盛情。"莫笑"二字，道出了诗人对农村淳朴民风的赞赏。

次联写山间水畔的景色，写景中寓含哲理，千百年来广泛被人引用。"山重水复疑无路，柳暗花明又一村。"读了如此流畅绚丽、开朗明快的诗句，仿佛可以看到诗人在青翠可掬的山峦间漫步，清碧的山泉在曲折溪流中汩汩穿行，草木愈见浓茂，蜿蜒的山径也愈益依稀难认。正在迷惘之际，突然看见前面花明柳暗，几间农家茅舍，隐现于花木扶疏之间，诗人顿觉豁然开朗。其喜形于色的兴奋之状，可以想见。

此联展示了一幅春光明媚的山水图；下一联则由自然入人世，描摹了南宋初年的农村风俗画卷。读者不难体味出诗人所要表达的热爱传统文化的深情。"社"为土地神。春社，在立春后第五个戊日。这一天农家祭社祈年,热热闹闹,吹吹打打,充满着丰收的期待。这个节日来源很古,《周礼》里就有记载。而陆游在这里更以"衣冠简朴古风存",赞美着这个古老的乡土风俗,显示出他对吾土吾民之爱。

前三联写了外界情景,并和自己的情感相融。然而诗人似乎意犹未足,故而笔锋一转:"从今若许闲乘月,拄杖无时夜叩门。"无时,随时。诗人已"游"了一整天,此时明月高悬,整个大地笼罩在一片淡淡的清光中,给春社过后的村庄也染上了一层静谧的色彩,别有一番情趣。于是这两句从胸中自然流出:但愿从今而后,能不时拄杖乘月,轻叩柴扉,与老农亲切絮语,此情此景,不亦乐乎!

陆游是南宋伟大的爱国诗人,一生勤奋创作,诗歌数量惊人。据他自己说:"六十年间万首诗。"流传至今的《剑南诗稿》仍保存了九千三百多首,在两宋诗人中翘居首位。这些独具风采的诗篇,其主要内容正如钱钟书先生在《宋诗选注》中所说:"一方面是悲愤激昂,要为国家报仇雪耻,恢复丧失的疆土,解放沦陷的人民;一方面是闲适细腻,咀嚼出日常生活的深咏的滋味,熨帖出当前景物的曲折的情状。"这首《游山西村》所描绘的内容属于后者。

这首别开生面的诗篇,作于宋孝宗乾道三年(1167)初春。当时陆游正罢官闲居在家。一年前,陆游因在隆兴二年(1164)积极支持抗金将帅张浚北伐,符离战败后,同样遭到朝廷中主和投降派的排挤打击,以"力说张浚用兵"的罪名,从隆兴府(今江西南昌市)通判任上罢官归里。陆游回到家乡的心情是相当复杂的,苦闷和激愤的感情交织在一起,然而他并不心灰意冷。"慷慨心犹壮"(《闻雨》)的爱国情绪,使他在农村生活中感受到希望和光明,并将这种感受倾泻到自己的诗歌创作里。

这首诗题为《游山西村》,据《剑南诗稿》卷三十二《幽栖》诗之二自注云:"乾道(二年)丙戌始卜居镜湖之三山。"这个地方是典型的江南水乡小村,距离绍兴城南大约九里,地名西村。这里,山明水秀的优美环境,固然诱发诗人的兴味,而古代抒写田园生活的优秀诗篇,更是陶冶着诗人的性灵。以开创田园诗派著称的陶渊明在《归田园居》诗中所描写的真景实事曾给诗人以启迪。唐代擅长于歌咏山水田园的诗人孟浩然的名作《过故人庄》又给诗人带来了恬淡中有淳美的感受。这些都是陆游诗歌创作所汲取的有益养料。不妨让我们先读一下《过故人庄》:故人具鸡黍,邀我至田家。绿树村边合,青山郭外斜。开轩面场圃,把酒话桑麻。待到重阳日,还来就菊花。

孟浩然的《过故人庄》与陆游的《游山西村》题材都是描写农村的风光,然而艺术构思各异。前者主要写"邀我至田家"的眼前情景,而后者侧重写游村的所见所闻。因此,我们欣赏陆游这首诗,必须紧紧扣住诗题的"游"字,才能把握住诗篇的脉络,体会到诗人别具的艺术匠心。

清方东树在《昭昧詹言》卷二十中说陆游这首七律"以游村情事作起,徐言境地之幽,风俗之美,愿为频来之约"。从诗的结构来看,这是符合实际的。诗人运用凝炼的笔触,全篇围绕着一个"游"字铺展,不仅写得层次分明,而且勾勒出一幅色彩明丽的江南农村风光图。

空怀壮志志难酬

书 愤

陆 游

早岁那知世事艰,中原北望气如山。

楼船夜雪瓜洲渡,铁马秋风大散关。

塞上长城空自许,镜中衰鬓已先斑。

出师一表真名世,千载谁堪伯仲间。

该诗是陆游1186年春居山阴时所作。诗中追述壮年心情,自伤迟暮,致慨世事多艰,小人误国,恢复中原的时机,一去不可复得。结尾提到诸葛亮的《出师表》(《出师表》中有"兴复汉室,还于旧都"之语),正道出了陆游生平的心事,故引以言志。

此诗作于孝宗淳熙十三年(1186)春,这时陆游退居于山阴家中,已是六十二岁的老人。从淳熙七年起,他罢官已六年,挂着一个空衔在故乡蛰居。直到作此诗时,才以朝奉大夫、权知严州军州事起用。因此,诗的内容兼有追怀往事和重新立誓报国的两重感情。

诗的前四句是回顾往事。"早岁"指隆兴元年(1163)他三十九岁在镇江府任通判和乾道八年(1172)他四十八岁在南郑任王炎幕僚的事。当时他亲临抗金战争的第一线,北望中原,收复故土的豪情壮志,坚定如山。以下两句分叙两次值得纪念的经历:隆兴元年,主张抗金的张俊以右丞相都督江淮诸路军马,楼船横江,往来于建康、镇江之间,军容甚壮。诗人满怀着收复故土的胜利希望,"气如山"三字描写出他当年的激奋心情。但不久,张浚军在符离大败,狼狈南撤,次年被罢免。诗人的愿望成了泡影。追忆往事,怎不令人叹惋!另一次使诗人不胜感慨的是乾道八年之事。王炎当时以枢密使出任四川宣抚使,积极计划进兵关中恢复中原的军事部署。陆游在军中时,曾有一次在夜间骑马过渭水,后来追忆此事,写下了"念昔少年时,从戎何壮哉!独骑兆河马,涉渭夜衔枚"的诗句。他曾几次亲临大散关前线,后来也有"我曾从戎清渭侧,散关嵯峨下临贼。铁衣上马蹴坚冰,有时三日不火食"(《江北庄取米到作饭香甚有感》)的诗句,追写这段战斗生活。当时北望中原,也是浩气如山的。但是这年九月,王炎被调回临安,他的宣抚使府中幕僚也随之星散,北征又一次成了泡影。"楼船夜雪瓜洲渡,铁马秋风大散关",这十四字中包含着多么丰富的愤激和辛酸的感情啊!

岁月不尽,壮岁已逝,志未酬而鬓先斑,这在赤心为国的诗人是日夜为之痛心疾首的。陆游不仅是诗人,他还是以战略家自负的。可惜毕生未能一展长才。"切勿轻书生,上马能击贼";"平生万里心,执戈王前驱"是他念念不忘的心愿。自许为"塞上长城",是他毕生的抱负。"塞上长城",典出《南史》,南朝宋文帝杀大将檀道济,檀在临死前怒叱:"乃坏汝万里长城!"陆游虽然没有如檀道济一样被冤杀,但因主张抗金,多年被贬,"长城"只能是空白期许。这种怅惘是和一般文士的怀才不遇之感大有区别的。

但老骥伏枥,陆游的壮心不死,他仍渴望效法诸葛亮的"鞠躬尽瘁",干一番与伊、吕相伯仲的报国大业。这种志愿至老不移,甚至开禧二年(1206)他已是八十二岁高龄时,当韩侂胄起兵抗金,他还跃跃欲试。

《书愤》是陆游的七律名篇之一,全诗感情沉郁,气韵浑厚,显然得力于杜甫。中两联属对工稳,尤以颔联"楼船"、"铁马"两句,雄放豪迈,为人们广泛传诵。

小小农家入画来

清平乐

村 居

辛弃疾

茅檐低小,溪上青青草。醉里吴音相媚好,白发谁家翁媪。

大儿锄豆溪东,中儿正织鸡笼;最喜小儿无赖,溪头卧剥莲蓬。

辛弃疾写了不少描写农村生活的有名词作,这首词是其中的优秀作品之一。刘熙载说,"词要清新","澹语要有味"(《艺概·词曲概》)。辛弃疾此作正具有"澹语清新"、充满诗情画意的特点。它表现在描写手法、结构和构思三个方面。

在描写手法上,这首小令,并没有一句使用浓笔艳墨,只是用纯粹白描手法,描绘农村某人家的环境和一个老小五口之家的生活画面。作者能够把这家老小五人的不同面貌和表现情态,描写得惟妙惟肖,活灵活现,具有浓厚的生活气息,如若不是大手笔,是难能达到此等艺术意境的。

上片开头两句,写这个老小五口之家,有一所低小的茅草房屋,紧靠着一条流水淙淙、清澈照人的小溪。溪边长满了碧绿的青草。在这里,作者只用淡淡的两笔,就把由茅屋、小溪、青草组成的清新秀丽的环境勾画出来了。不难看出,这两句词在全首词中,还兼有点明环境和地点的重要使命。

三四两句,描写一对满头白发的翁媪,亲热地坐在一起,一边喝酒,一边聊天的悠闲自得的情态。这几句尽管写得平平淡淡,但是,它却把一对白发翁媪,乘着酒意,彼此"媚好",亲密无间,那种和谐、温暖、惬意的老年夫妻的幸福生活,真切地再现出来了。这就是无奇之中的奇妙之笔。当然,这里并不仅仅限于这对翁媪的生活,它概括了农村普遍的老年夫妻的生活乐趣,具有一定的典型意义。"吴音",指吴地的地方话。作者写这首词时,在江西上饶,此地,春秋时代属于吴国。"媪",是对老年妇女的代称。

下片四句,纯是大白话,采用白描手法,直陈其事,和盘托出三个儿子的不同形象。大儿子是主要劳力,担负着溪东豆地里锄草的重担。二儿子年纪尚小,只能做点辅助劳动,所以在家里编织鸡笼。三儿子不懂世事,只是任意地调皮玩耍,看他躺卧在溪边剥莲蓬吃的神态,即可想而知。这几句虽然极为通俗易懂,却刻画出鲜明的人物形象,描绘出耐人寻味的意境。尤其小儿无赖剥莲蓬吃的那种天真活泼的神情状貌,饶有情趣,栩栩如生。可谓是神来之笔,古今一绝!"无赖",谓顽皮,是爱称,并无贬义。"卧"字的使用最妙,它把小儿天真、活泼、顽皮的劲儿,和盘托出,活跃纸上。所谓一字千金,即是说使用一字,恰到好处,就能给全句或全词增辉。这里的"卧"字正是如此。

而在艺术结构上,全词紧紧围绕着小溪,布置画面,展开人物活动。从词的意境来看,茅檐是靠近小溪的。另外,"溪上青青草"、"大儿锄豆溪东","最喜小儿无赖,溪头卧剥莲蓬"四句,连用三个"溪"字,就使得词作画面的布局十分紧凑。所以,"溪"字的使用,在全词结构上起着栋梁的作用。

它的构思巧妙,颇为新颖。茅檐、小溪、青草,这本来是农村司空见惯一般化的东西,然而作者把它们组合在一个画面里,就显得格外清新优美。这是写景。在写人方面,写一对翁媪,身边有大、中、小三子。翁媪饮酒聊天,大儿锄草,中儿编织鸡笼,小儿卧剥莲蓬。通过这样简单的情节安排,就把充满着一片生机、和平宁静、朴素安适的农村生活景象,真实地反映出来了。真是诗情画意,清新悦目。这样的构思,不仅颇为巧妙,而且色彩也显得和谐而鲜明,能给人留下难忘的印象。

从作者对农村清新秀丽、朴素雅静的环境描写;对翁媪及其三子形象的刻画,表现出词人喜爱农村和平宁静生活的审美观点。

这首小令题为"村居",是作者晚年遭受议和派排斥和打击,志不得伸,归隐上饶地区闲居农村时所写。词作描写农村和平宁静、朴素安适的生活,并不能说是作者对现实的粉饰。从作者一生始终关心恢复大业来看,他向往农村这样的生活,从而会更加激起他抗击金兵、收复中原、统一祖国的爱国热忱。就当时来说,在远离抗金前线的村庄,具有这种和平宁静的生活,也是存在的,此作并非作者主观想象的产物,而是现实生活的反映。

蛙声十里稻花香

西江月

夜行黄沙道中

辛弃疾

明月别枝惊鹊，清风半夜鸣蝉。

稻花香里说丰年，听取蛙声一片。

辛弃疾是南宋一位杰出的豪放派词人。他的风格以沉雄激越著称。但人生道路既然多歧，作家的巨大艺术熔炉又丰富多彩，这就必然出现卓越作家不拘一格的艺术风格，既有其主调而又有其变调的风格。因此辛弃疾在慷慨纵横之外，还有其淡泊潇洒的一面。

这一首词是辛弃疾中年时代经过黄沙岭道上写的几篇作品之一。黄沙岭在江西上饶县西四十里，岭高约十五丈，深而敞豁，可容百人。下有两泉，水自石中流出，可溉田十余亩(见《上饶县志》)。可见黄沙岭一带不仅是一个风景优美的所在，也是农田水利较好的地区。宋孝宗淳熙八年(1181)冬，词人被奸佞中伤、弹劾以致罢官后，就开始在上饶家居，一直住了十五年左右。这中间虽然曾短期出仕，但基本上是蹲在上饶，有机会充分领略黄沙道上的风物之胜。描写这一带风景的词，现存约五首，即：《生查子》(独游西岩)二首、《浣溪沙》(黄沙岭)一首、《鹧鸪天》(黄沙道上即事)一首，以及本阕。它们从不同角度体现了辛弃疾部分写景词中清新俊逸和绰约自然的风格。

在这五首词中，我总感到最耐人寻味的是这首《西江月》。

这首词平易中见真切，浑浊处见准确，连绵中呈陡转。眼前常景，而能别开蹊径；脱手炼词，得刻物入神之妙。

"明月别枝惊鹊，清风半夜鸣蝉。"表面看来，这里的风、月、蝉、鹊都是极其平常的景物,然而经过作者把这些夜间景物巧妙地组合起来,结果平常中就显得不平常了。鹊儿的惊飞不定,不是盘旋在一般树头,而是飞绕在横斜突兀的枝干之上。因为月光明亮,所以鹊儿被惊醒了;而鹊儿惊飞,自然也就会引起"别枝"摇曳。与此同时,知了的鸣声也是有其一定时间、空间和条件的。夜间的蝉声不同于烈日炎炎下的嘶鸣,而当凉风徐徐吹拂时,往往特别感到清幽。总的说来,"惊鹊"和"鸣蝉"两句都有动中寓静之妙。它们沐浴在"半夜""明月"的清辉中,恰如法国小说家莫泊桑说过的:被"这明空的夜色的柔和情趣所浸润"(《月色》)。

"稻花香里说丰年,听取蛙声一片。"显然,这里词人所摄取的空间是由高而低了。词的开首原只是从长空写起,然而这里却一转而为对田野的刻画,表现了词人不仅为夜间黄沙道上的"柔和情趣"所"浸润",更值得注意的是从扑面而来的漫村遍野的稻花香气中联想到即将到来的丰年景象。此时此地,词人与人民同呼吸的欢乐,真是喷薄而出不可遏止了。稻花飘香的"香",固然点明稻花盛开,也说明词人心头的甜蜜之感。但报说丰年的主体,写出来却是那一片蛙声,构想奇妙。在词人的感觉里,俨然听到群蛙在稻田中齐声喧嚷,争说丰年。先出"说"的内容于前,再补"声"的来源于后。鹊声报喜、蛩吟诉哀之类,诗词中常写到,但以蛙声说丰年,不能不说是稼轩词的创造。

这短短四句构成的上片,纯然是抒写当时当地的夏夜山道的景物和词人的感受,然而感受的核心分明是洋溢着丰收年景的夏夜。与其说是夏景,还不如说是眼前夏景带给人的幸福。

是不是眼前夏景的描写就到此为止了呢?不然。如果说词的上片还并非寥廓夏景的描绘,那么下片就显然是以波澜变幻、柳阴路曲取胜了。由于上片结尾,构思和音律出现了显著的停顿,因此下片开头,就需要树立一座峭拔挺峻的奇峰,有待运用对仗手法,以加强稳定的音势。

你看吧，"七八个星天外，两三点雨山前"，不都是随手拈来的吗？然而却多么洒脱，多么深稳！

"星"是寥落的疏星，"雨"是轻微的阵雨，这些都更照应着上片的清幽夜色、恬静气氛和朴野成趣的乡土气息。特别是一个"天外"，一个"山前"，本来是遥远而不可捉摸的，可是笔锋一转，小桥一过，乡村林边茅店的影子，却意想不到地出现在眼前了。这分明是远而忽近，隐而骤明，说明前此词人对黄沙道上的路径尽管很熟，可总因为醉心于倾诉丰年在望之乐的一片蛙声中，竟忘却了越过"天外"，迈过"山前"，连早已临近的那个熟而能详的社庙旁树林边的茅店，也都不知不觉了。前文"路转"，后文"忽见"，这是多么美丽的春云乍展！既衬出了词人骤然间看出了分明临近旧屋的欢欣，更表现了他由于沉浸在稻花香中以致忘记了道途远近的怡然自得的入迷程度。

一首短短的小词，它的题材内容不过是一些看来极其平凡的景物，语言没有任何雕饰，没有用上一个典故，层次安排也完全是听其自然，悠然而起，悠然而住。这样的构思和描绘，可以说是辛词平淡风格中最典型的了，但淡泊中的淳厚却更见功夫。

这渊源于词人的雄浑豪迈的气质和情真意挚的心灵两相结合的创作个性。他的一腔伤时忧国之情，在不少场合固然表现为瀑布式的奔泻，但有时却又运用旁敲侧击或烘云托月的方法，特别是选取有典型特征的景物，比兴并用，赋予景物以情感色彩和见微知著的寄托，雄浑中见其轻快。从作者的翛然心境和灵活笔调看来，却分明和他的主要风格——胸襟浩瀚与气势纵横相通，洒脱而不失其凝浑，平易而不失其精切。元好问评陶潜诗有云："一语天然万古新，豪华落尽见真淳。"（《论诗三十首》）对这首《西江月》也非常适用。

青山碧水鹧鸪声

菩萨蛮

书江西造口壁

辛弃疾

郁孤台下清江水，中间多少行人泪。西北望长安，可怜无数山。

青山遮不住，毕竟东流去。江晚正愁余，山深闻鹧鸪。

这是一篇寄寓爱国之思、正义之念的沉郁而优美的抒情词。"郁孤台下清江水，中间多少行人泪。"小词开首，笔调忧郁，情感压抑。郁孤台在赣州城西北。清江即赣江。这两句的意思是郁孤台下的清江的水里，有多少行人的泪呀！宋高宗建炎三年（1129），金兵分两路大举南侵。西路是自黄州渡江直奔洪州的隆祐太后。隆祐太后是南宋政权的一个重要人物。人们说辛弃疾此词是感怀这件事的。这说法当然有一些道理，但诗人此处说的"中间多少行人泪"，恐怕还是泛指，即指所有人的眼泪，更多的恐怕还是人民的眼泪。我们不妨设想，金兵南侵，占领大片国土，这"行人"将有多少？即是那些流离失所的难民。"西北望长安，可怜无数山。"这句词从字面意思很好理解。它只是说从造口向西北望长安城，被可怜的无数座山峰遮挡住了。长安是几个朝代的都城，尤其唐代，诗人们把望长安比作关心国事、关心朝政，亦即爱国的标志。这里，诗人是指宋代的都城，也寓有关心国事的爱国情感在其中。如果长安代表国君，那么，"无数山"比喻着什么呢？按一般道理说，应该指用阿谀奉承的手段包围皇帝的奸臣们。但是，问题复杂的是下一句接着就说"青山遮不住，毕竟东流去"。那么，这个"青山"又意味着什么呢？还是奸臣吗？那么，"青山遮不住，毕竟东流去"似乎是比喻奸臣们毕竟遮蔽不了皇帝的英明，但从全词看不是这个意思。这里所说的"可怜无数山"是指奸臣们遮蔽了皇帝。但是,下一句的"青山遮不住"是又一个比喻。上半阕的无数山遮住的是人们"西北望长安"的视线;下半阕的"青山遮不住",所"遮不住"的是郁孤台下的清江水,这显然完全是两件事情。下半阕的比喻意思不是很明确。清江水"毕竟东流去",指什么呢?可以是指真理毕竟是掩盖不住的,抗战的主张就是真理,不怕投降派的捣乱,抗战事业必定是要成功的。也可以指金兵用强力攻占了南北方的宋朝领土,但是,正义的力量终究是不可战胜的。诗人懂得,历史上的匈奴、鲜卑、胡、氏、羌等许多外族入侵,即便他成了中原的主人,但用不了多久,也还是要光复故国的。这就是说,诗人抱定一个长久的信心,不被眼前形势所迷惑,这是极为难能可贵的。

滚滚长江万古流

南乡子

登京口北固亭有怀

辛弃疾

何处望神州?满眼风光北固楼。千古兴亡多少事?悠悠,不尽长江滚滚流。

年少万兜鍪,坐断东南战未休。天下英雄谁敌手?曹刘。生子当如孙仲谋。

这是一篇深沉的感时古诗。宋宁宗嘉泰三年(1203),辛弃疾被任命为绍兴知府兼浙东安抚使。第二年,改派镇江知府。此诗就是在镇江(京口)知府任上,登北固亭所作。此时诗人已经是 63 岁老翁了,仍然雄心壮志不减当年,实在是难能可贵的。

"何处望神州?满眼风光北固楼。"这是即景起兴。神州指中原失地。到何处能见到中原呢?诗人年逾花甲,不忘沦陷区人民,精神感人。眼前,在北固楼上,见到滚滚长江水,想到千古兴亡之事,一波一波,何时是了?当然,这句子的意思还是指眼前失去了的北部半壁江山何时能够收复。京口这地方是当年孙权称雄东吴时的重镇,于是,诗人自然而然地想起了孙权。兜鍪(móu)是古代作战的盔,这里一万个兜鍪指成千上万的士兵。这里说孙权年少的时候就率领成千上万的军队驰骋江东了。占据(坐断)着东南一带不停地征战。天下的英雄谁是孙权的敌手,只有曹操与刘备。这是引用曹操"青梅煮酒论英雄"的故事。曹操青梅煮酒,与刘备论英雄说,天下英雄"唯使君与操耳"。诗人将曹操的话拿来,说孙权也是一个可以与他们争衡的英雄人物。最后一句也是引曹操的话。曹操与孙权对垒,吴军军容整肃,孙权威风凛凛,曹操感慨地说:"生子当如孙仲谋,刘景升(刘表)儿子若豚犬耳!"仲谋是孙权的字。刘景升即刘表,他的儿子刘琮后来投降曹操。诗人将曹操的话原样拿来,放入词中。这样的怀古诗当然是有寓意的。辛弃疾在此的寓意是赞扬孙权的英雄豪气,并借曹操的话指斥刘琮的无能。但是,问题还应深入一步。孙权的优点主要是敢于抵抗强极一时的曹操,刘琮的无能主要表现在投降。刘琮投降曹操,欲把荆州重地拱手让给曹操,曹操照样瞧不起他,骂他是猪狗一类。这显然影射着南宋王朝的主战派与主和派的尖锐斗争。这个寓意是深刻的。

梦回沙场点兵来

破阵子

为陈同甫赋壮词以寄之

辛弃疾

　　醉里挑灯看剑,梦回吹角连营。八百里分麾下炙,五十弦翻塞外声。沙场秋点兵。　　马作的卢飞快,弓如霹雳弦惊。了却君王天下事,赢得生前身后名,可怜白发生。

这是一篇梦想杀敌报国的英雄赞歌。标题所提到的陈同甫名陈亮,字同甫,号龙川,南宋著名诗人,辛弃疾的志同道合的朋友。此人慷慨正直,五十岁时中进士,第二年就去世了。

"醉里挑灯看剑,梦回吹角连营。"诗人开篇不凡,醉酒之时也挑亮灯光,看一看宝剑是否还能杀敌。梦中见到在一片连缀的营寨中吹起号角,梦醒时刚从那里回来。梦中还有更辽阔的场面:八百里长的营寨里士兵们在战旗下分着吃烤牛肉,五十根琴弦翻奏出塞外的乐声,这正是沙场(战场)秋日点兵的情景。在点(阅)兵的时候,沙场上也出现了奇景:"马作的卢飞快,弓如霹雳弦惊。""的卢"马是三国时刘备骑的马。据说刘备有一次逃跑时,马陷在檀溪水中,这匹的卢马一跳数丈,于是刘备安全脱险。这里指诗人梦中所见骑兵训练的奇迹。以上是马。弓呢?弓像霹雳一样,振得弦嗡嗡地响。诗人在梦中发下宏愿:一定要了却国君安定天下的大业,赢得我作一个生前有名,死后也留个千古的名声的人物——可惜,待到酒的力量过后,诗人醒来一看,可怜白发已经生出。梦也醒了,酒也醒了,抗金报国,投路无门,只有满心的惆怅而已。

众里寻他千百度

青玉案

元 夕

辛弃疾

东风夜放花千树,

更吹落,星如雨。

宝马雕车香满路。

凤箫声动，玉壶光转，

一夜鱼龙舞。

蛾儿雪柳黄金缕，

笑语盈盈暗香去。

众里寻他千百度，

蓦然回首，那人却在，

灯火阑珊处。

元夕：阴历正月十五日为元宵节，是夜称元夕或元夜。花千树：花灯之多如千树开花。星如雨：指焰火纷纷，乱落如雨。玉壶：指月亮。鱼龙舞：指舞鱼、龙灯。蛾儿、雪柳、黄金缕：皆古代妇女的首饰。这里指盛装的妇女。盈盈：仪态美好的样子。蓦然：突然，猛然。阑珊：零落稀疏的样子。

此词极力渲染元宵节观灯的盛况。先写灯火辉煌、歌舞腾欢的热闹场面。花千树，星如雨，玉壶转，鱼龙舞。满城张灯结彩，盛况空前。接着即写游人车马彻夜游赏的欢乐景象。观灯的人有的乘坐香车宝马而来，也有头插蛾儿、雪柳的女子结伴而来。在倾城狂欢之中，词人却置意于观灯之夜，与意中人密约会晤，久望不至，猛见那人却在"灯火阑珊处"。结尾四句，借"那人"的孤高自赏，表明作者不肯

辛弃疾

同流合污的高洁品格。全词构思新颖，语言工巧，曲折含蓄，余味不尽。

古代词人写上元灯节的词,不计其数,辛弃疾的这一首,却没有人认为可有可无,因此也可以称作是豪杰了。然而究其实际,上阕除了渲染一片热闹的盛况外,并无什么独特之处。作者把火树写成固定的灯彩,把"星雨"写成流动的烟火。若说好,就好在想象:东风还未催开百花,却先吹放了元宵节的火树银花。它不但吹开地上的灯花,而且还从天上吹落了如雨的彩星——燃放的烟火,先冲上云霄,而后自空中而落,好似陨星雨。然后写车马、鼓乐、灯月交辉的人间仙境——"玉壶",写那民间艺人们载歌载舞、鱼龙漫衍的"社火"百戏,极为繁华热闹,令人目不暇接。其间的"宝"也,"雕"也,"凤"也,"玉"也,种种丽字,只是为了给那灯宵的气氛来传神来写境,大概那境界本非笔墨所能传写,幸亏还有这些美好的字眼,聊为助意而已。

下阕,专门写人。作者先从头上写起:这些游女们,一个个雾鬓云鬟,戴满了元宵特有的闹蛾儿、雪柳,这些盛装的游女们,行走过程中不停地说笑,在她们走后,只有衣香还在暗中飘散。这些丽者,都非作者意中关切之人,在百千群中只寻找一个——却总是踪影难觅,已经是没有什么希望了。忽然,眼睛一亮,在那一角残灯旁边,分明看见了,是她!是她!没有错,她原来在这冷落的地方,还未归去,似有所待!

发现那人的一瞬间,是人生精神的凝结和升华,是悲喜莫名的感激铭篆,词人竟有如此本领,竟把它变成了笔痕墨影,永志弗灭!读到末句才恍然大悟:那上阕的灯、月、烟火、笙笛、社舞交织成的元夕欢腾,那下阕的惹人眼花缭乱的一队队的丽人群女,原来都只是为了那一个意中之人而设,而且,倘若无此人,那一切又有什么意义与趣味呢!

此词原不可讲,一讲便成画蛇,破坏了那万金无价的幸福而又辛酸一瞬的美好境界。然而画蛇既成,还须添足:学文者莫忘留意,上阕临末,已出"一夜"二字,这是何故?盖早已为寻他千百度说明了多少时光的苦心痴意,所以到了下阕而出"灯火阑珊",方才前后呼应,笔墨之细,文心之苦,至矣尽矣。可叹世之评者动辄谓稼轩"豪放","豪放",好像将他看作一个粗人壮士之流,岂不是贻误学人吗?

王静安《人间词话》曾举此词,以为人之成大事业者,必皆经历三个境界,而稼轩此词的境界为第三即最高境界。

从词调来讲,《青玉案》十分别致,它原是双调,上下阕相同,只是上阕第二句变成三字一断的叠句,跌宕生姿。下阕则无此断叠,一片三个七字排句,可排比,可变幻,随词人的心意,但排句之势是一气呵成的,单单等到排比完了,才逼出煞拍的警策句。

一腔忧愤总难抒

摸鱼儿

辛弃疾

更能消,几番风雨?匆匆春又归去。

惜春长怕花开早,何况落红无数。

春且住,见说道,天涯芳草无归路。

怨春不语,算只有殷勤,画檐蛛网,镇日惹飞絮。

长门事,准拟佳期又误,蛾眉曾有人妒。

千金纵买相如赋,脉脉此情谁诉?

君莫舞,君不见,玉环飞燕皆尘土。

闲愁最苦,休去倚危栏,斜阳正在、烟柳断肠处。

这是辛弃疾四十岁时，也就是宋孝宗淳熙六年（1179）暮春写的词。辛弃疾自绍兴三十二年（1162）渡淮水投奔南宋，十七年中，他的抗击金军、恢复中原的主张，始终没有被南宋朝廷所采纳。自己抗金杀敌收拾山河的志向也无法实现，只是作一些远离战事的闲职，这一次，又是被从荆湖北路转运副使任上调到荆湖南路继续当转运副使。转运使亦称漕司，是主要掌管一路财赋的官职，对辛弃疾来说，当然不能尽快施展他的才能和抱负。何况如今是调往距离前线更远的湖南去，更加使他失望。他知道朝廷实无北上雄心。当同僚置酒为他饯行的时候，他写了这首词，抒发胸中的郁闷和感慨。上阕主要抒发作者惜春之情。

　　上阕起句"更能消，几番风雨？匆匆春又归去"说如今已是暮春天气，禁不起再有几番风雨，春便要真的去了。"惜春长怕花开早"二句，揭示自己惜春的心理活动：由于怕春去花落，他甚至于害怕春天的花开得太早，这是对惜春心理的深入一层的描写。"春且住"三句，对于正将离开的"春"，作者深情地对它呼喊：春啊，你且止步吧，听说芳草已经长满了天涯海角，遮断了你的归去之路！但是春不答话，依旧悄悄地溜走了。"怨春不语"，无可奈何的怅惘，作者无法留住春天，倒还是那檐下的蜘蛛，勤勤恳恳地，一天到晚不停地抽丝结网，去粘惹住那象征残春景象的杨柳飞花。如此，在作者看来，似乎这殷勤的昆虫比自己更有收获，其情亦太可悯了。下阕一开始就用汉武帝陈皇后失宠的典故，来喻指自己的失意。陈皇后因招人妒忌而被打入冷宫——长门宫。后来她拿出黄金，买得司马相如的一篇《长门赋》，希望用它来打动汉武帝的心。但是她所期待的"佳期"却迟迟未到。这种复杂痛苦的心情，对什么人去诉说呢？"君莫舞"二句的"舞"字，表现因高兴而得意忘形的样子。"君"，是指那些妒忌别人进谗言取得宠幸的人。意思是说：你不要太得意忘形了，你没见杨玉环和赵飞燕后来不是都死于非命吗？"皆尘土"，是用《赵飞燕外传》附《伶玄自叙》中的语意。伶玄妾樊通德能讲赵飞燕姊妹故事，伶玄对她说："斯人俱灰灭矣，当时疲精力驰骛嗜欲蛊惑之事，宁知终归荒田野草乎！""闲愁最苦"三句是结句。闲愁，作者指自己精神上的不可倾诉的郁闷。危栏，是高处的栏杆。后三句是说不要用凭高望远的方法来排消郁闷，因为那快要落山的斜阳，正照着被暮霭笼罩着的杨柳，远远望去，一片迷蒙。这样的暮景，会使人见景伤情，更加悲伤。这首词上阕主要写春意阑珊，下阕主要写美人迟暮。有些选本以为这首词是作者借春意阑珊来衬托自己的哀怨。这恐怕理解得还不够准确。这首词中当然有作者个人遭遇的感慨，但"春将逝"更多的是他对南宋朝廷暗淡前途的担忧。作者一生忧国忧民，这里也是把个人感慨纳入国事之中。春意阑珊，实兼指国势如春一样一日日渐衰，并非像一般词人作品中常常出现的绮怨和闲愁。上阕第二句"匆匆春又归去"的"春"字，当是这首词中的"词眼"。接下去作者以春去作为这首词的主题和总线，精密地安排上、下阕的内容，把他心中的感慨心绪曲折地表达出来。他写"风雨"，写"落红"，对照当时的政治现实，金军多次进犯，南宋朝廷在外交、军事各方面都遭到了失败，国家处于风雨飘摇之中。而朝政昏暗，奸佞当权，蔽塞贤路，志士无路请缨，上述春意阑珊的诸种描写件件都是喻指时政且无一不贴切。蜘蛛是微小的动物，它为了要挽留春光，施展出全部力量。在"画檐蛛网"句上，加"算只有殷勤"一句，意义更加突出。作者实有意自拟为蜘蛛。尤其是"殷勤"二字，突出地表达作者对国家的耿耿忠心。这里作者表达了虽然位微权轻，但为报国，仍然"殷勤"而为。上阕以写惜春为主。下阕则都是写古代的历史事实。两者看起来好像不相关联，其实不然，作者用古代宫中几个女子的事迹，来比自己的遭遇，进一步抒发感慨。这不只是个人仕途得失，更重要的是志士仁人对宋室兴衰前途的关心，它和春去的主题并未脱节，而是相辅相成的。作者在过渡处推开来写，在艺术技巧上说，正起峰断云连的作用。下阕的结句甩开咏史，又回到写景抒怀上来。"休去倚危栏，斜阳正在、烟柳断肠处"二句，以景语作结，含有不尽的韵味。除此之外，这两句结语还有以下的作用：第一，刻画出暮春景色的特点。李清照曾用"绿肥红瘦"四字刻画它的特色，"红瘦"，是说花谢；"绿肥"，是说树荫浓密。辛弃疾在这首词里，不说斜阳正照在花枝上，却说正照在烟柳上，这是从另一角度描绘暮春景色写有着与绿肥红瘦不同的意味。而且"烟柳断肠"，还和上阕的"落红无数"、春意阑珊相呼应。如果说，上阕的"更能消，几番风雨？匆匆春又归去"开篇，那么下阕的"斜阳正在、烟柳断肠处"结尾。两相对映，显得结构严密，章法井然。第二，"斜阳正在、烟柳断肠处"，是暮色苍茫中的景象。这是作者在词的结尾处饱含韵味的一笔，旨在点出南宋朝廷日薄西山、前途暗淡的趋势，也抒发自己尚未见用的郁闷。这和这首词春去的主题紧密相联。宋人罗大经在《鹤林玉露》中说："辛幼安晚春词：'更能消几番风雨'云云，词意殊怨。'斜阳烟柳'之句，其与'未须愁日暮，天际乍轻阴'者异矣。闻寿皇（指宋孝宗）见此词颇不悦。"可见这首词流露出来的对国事、对朝廷的担忧之情是何等强烈感人。辛弃疾另一首代表作《破阵子》（醉里挑灯看剑）是抒发作者对抗战的理想与向往。和这首《摸鱼儿》比较，两者内容相似，而在表现手法上，又有区别。《破阵子》比较显，《摸鱼儿》比较隐；《破阵子》比较直，《摸鱼儿》比较曲。《摸鱼儿》的表现手法,比较接近婉约派。它完全运用比、兴的手法来表达词的内容。但在读这首《摸鱼儿》时,感觉到在那一层婉约含蓄之外,有一股沉郁之情,这就是辛弃疾学蜘蛛那样,为国家殷勤织网的一颗耿耿忠心,以及对国势的担忧。似乎可以用"肝肠似火,色貌如花"八个字,来作为这首词的评语。

英雄难觅古同今

永遇乐

京口北固亭怀古

辛弃疾

千古江山,英雄无觅,孙仲谋处。

舞榭歌台,风流总被雨打风吹去。

斜阳草树,寻常巷陌,

人道寄奴曾住。

想当年,金戈铁马,气吞万里如虎。

元嘉草草,封狼居胥,

赢得仓皇北顾。

四十三年,望中犹记,烽火扬州路。

可堪回首,佛狸祠下,

一片神鸦社鼓。

凭谁问:廉颇老矣,尚能饭否?

这首词为辛弃疾六十五岁守京口时所作,词中感叹"风流总被雨打风吹去",他以古喻今,不仅赞扬了宋武帝刘裕的"金戈铁马,气吞万里如虎"，而且以廉颇自比，表现了仍要抗金的决心。此词运用典故纯熟，句句有金石之声，是宋词中的佳作。

此词作于开禧元年（1205）。当时，韩侂胄正准备北伐。赋闲已久的辛弃疾于前一年被起用为浙东安抚使，这年春初，又受命镇江知府，出镇江防要地京口（今江苏镇江）。从表面看来，朝廷对他似乎很重视，然而实际上只不过是利用他那主战派元老的招牌作为号召而已。辛弃疾到任后，一方面积极布置军事进攻的准备工作；另一方面，他又清楚地意识到政治斗争的险恶，自身处境的艰难，深感很难有所作为。

在一片紧锣密鼓的北伐声中，当然能唤起他恢复中原的豪情壮志，但是对独揽朝政的韩侂胄轻敌冒进，又感到忧心忡忡。这种矛盾的心理状态，在这首篇幅不大的作品里充分地表现出来，成为传诵千古的名篇，而被后人推为压卷之作（见杨慎《词品》）。这当然首先决定于作品深厚的思想内容，但同时也因为它代表辛词在语言艺术上特殊的成就，典故运用得非常恰到好处；通过一连串典故的暗示和启发作用，丰富了作品的形象，深化了作品的主题思想。

词以"京口北固亭怀古"为题。京口是三国时吴大帝孙权设置的重镇，并一度为都城，也是南朝宋武帝刘裕生长的地方。面对锦绣江山，缅怀历史上的英雄人物，正是像辛弃疾这样的英雄志士登临应有之情，题中应有之意，词正是从这里着笔的。

孙权以区区江东之地，抗衡曹魏，开疆拓土，造成了三国鼎峙的局面。尽管斗转星移，沧桑屡变，歌台舞榭，遗迹沦湮，然而他的英雄业绩则是和千古江山相辉映的。刘裕是在贫寒、势单力薄的情况下逐渐壮大的。以京口为基地，削平了内乱，取代了东晋政权。他曾两度挥戈北伐，收复了黄河以南大片故土。

这些振奋人心的历史事实,被形象地概括在"想当年,金戈铁马,气吞万里如虎"三句话里。英雄人物留给后人的印象是深刻的,因而"斜阳草树,寻常巷陌",传说中他的故居遗迹,还能引起人们的瞻慕追怀。在这里,作者发的是思古之幽情,写的是现实的感慨。

无论是孙权或刘裕,都是从百战中开创基业,建国东南的。这和南宋统治者苟且偷安于江左、忍气吞声的怯懦表现,是多么鲜明的对照!

如果说,词的上阕借古意以抒今情,还比较轩豁呈露,那么,在下阕里,作者通过典故所揭示的历史意义和现实感慨,就更加意深而味隐了。

这首词的下阕共十二句,有三层意思。峰回路转,愈转愈深。被组织在词中的历史人物和事件,血脉动荡,和词人的思想感情融成一片,给作品造成了沉郁顿挫的风格,深宏博大的意境。"元嘉草草"三句,用古事影射现实,尖锐地提出一个历史教训。这是第一层。

史称南朝宋文帝刘义隆"自践位以来,有恢复河南之志"(见《资治通鉴·宋纪》)。他曾三次北伐,都没有成功,特别是元嘉二十七年(450)最后一次,失败得更惨。用兵之前,他听取彭城太守王玄谟的北伐之策,非常激动,说:"闻玄谟陈说,使人有封狼居胥意。"见《宋书·王玄谟传》。《史记·卫将军骠骑列传》载,卫青、霍去病各统大军分道出塞与匈奴战,皆大胜,霍去病于是"封狼居胥山,禅于姑衍"。封、禅,谓积土为坛于山上,祭天曰封,祭地曰禅,报天地之功,为战胜也。"有封狼居胥意"谓有北伐必胜的信心。当时分据在北方的北魏,并非无隙可乘;南北军事实力的对比,北方也并不占优势。倘能妥为筹画,虑而后动,虽未必能成就一番开天辟地的伟业,然而收复一部分河南旧地,则是完全可能的。

然而宋文帝急于事功,头脑发热,听不进老臣宿将的意见,轻启兵端。结果不仅没有得到预期的胜利,反而招致北魏拓跋焘大举南侵,弄得两淮残破,胡马饮江,国势一蹶而不振。

　　这一历史事实,对当时现实所提供的历史鉴戒,是发人深省的。辛弃疾是在语重心长地告诫南宋朝廷:要慎重啊!你看,元嘉北伐,由于草草从事,"封狼居胥"的壮举,只落得"仓皇北顾"的哀愁。

　　想到这里,作者不禁抚今追昔,感慨万端。随着作者思绪的剧烈波动,词意不断深化,而转入了第二层。

　　作者是四十三年前,即绍兴三十二年(1162)率众南归的。正如他在《鹧鸪天》一词中所说的那样:"壮岁旌旗拥万夫,锦襜突骑渡江初。燕兵夜娖银胡䩮,汉箭朝飞金仆姑。"那沸腾的战斗岁月,是他英雄事业的发轫之始。当时,宋军在采石矶击破南犯的金兵,完颜亮为部下所杀,人心振奋,北方义军纷起,动摇了女真贵族在中原的统治,形势是大有可为的。刚即位的宋孝宗也颇有恢复之志,起用主战派首领张浚,积极进行北伐。可是符离败退后,他就坚持不下去了,于是主和派重新得势,再一次与金国通使议和。从此,南北分裂就进入了一个相对稳定的状态,而辛弃疾的鸿鹄之志也就无从施展,"只将万字平戎策,换得东家种树书"(同上词)了。时机是难得而易失的。四十三年后,重新经营恢复中原的事业,民心士气,都和四十三年前有所不同,当然要困难得多。

　　"烽火扬州路"和"佛狸祠下"的今昔对照所展示的历史图景,正唱出了作者四顾苍茫,百感交集,不堪回首忆当年的感慨心声。

　　"佛狸祠下,一片神鸦社鼓"两句用意是什么呢?佛狸祠在长江北岸(今江苏六合县东南)的瓜步山上。永嘉二十七年,北魏太武帝拓跋焘南侵时,曾在瓜步山上建行宫,后来成为一座庙宇。拓跋焘小字佛狸,当时流传有"虏马饮江水,佛狸明年死"的童谣,所以民间把它叫做佛狸祠。这所庙宇,南宋时犹存。词中提到佛狸祠,似乎和北魏南侵有关,所以引起了理解上的种种歧义。其实这里的"神鸦社鼓",也就是苏东坡《浣溪沙》词里所描绘的"老幼扶携收麦社,乌鸢翔舞赛神村"的情景,是一幅迎神赛会的生活场景。

在古代,迎神赛会,是普遍流行的民间风俗,和农村生产劳动是紧密联系着的。在终年日出而作,日落而息中,农民祈晴祈雨,以及种种生活愿望的祈祷,都离不开神。利用社日的迎神赛会,歌舞作乐,一方面酬神娱神,一方面大家欢聚一番。

有庙宇的地方,就会有"神鸦社鼓"的祭祀活动。至于这一座庙宇供奉的是什么神,对农民说来,是无关宏旨的。佛狸祠下迎神赛会的人们也是一样,他们只把佛狸当作一位神祇来奉祀,而决不会审查这神的来历,更不会把一千多年前的北魏入侵者和当前金人的入侵联系起来。因而,"神鸦社鼓"所揭示的客观意义,只不过是农村生活的一种环境气氛而已,没有必要再多加研究。然而辛弃疾在词里摄取佛狸祠这一特写镜头,则是有其深刻寓意的;它和上文的"烽火扬州"有着内在的联系,都是从"可堪回首"这句话里生发出来的。四十三年前,完颜亮发兵南侵,曾以扬州作为渡江基地,而且也曾驻扎在佛狸祠所在的瓜步山上,严督金兵抢渡长江。以古喻今,佛狸很自然地就成了完颜亮的影子。辛弃疾曾不止一次地以佛狸影射完颜亮。

例如在《水调歌头》词中说:"落日塞尘起,胡骑猎清秋。汉家组练十万,列舰耸层楼。谁道投鞭飞渡,忆昔鸣髇血污,风雨佛狸愁。"词中的佛狸,就是指完颜亮,正好作为此词的解释。佛狸祠在这里是象征南侵者所留下的痕迹。四十三年过去了,当年扬州一带烽火漫天,瓜步山也留下了南侵者的足迹,这一切记忆犹新,而今佛狸祠下却是神鸦社鼓,一片安宁祥和景象,全无战斗气氛。辛弃疾感到不堪回首的是,隆兴和议以来,朝廷苟且偷安,放弃了多少北伐抗金的好时机,使得自己南归四十多年,而恢复中原的壮志无从实现。在这里,深沉的时代悲哀和个人身世的感慨交织在一起。

那么,辛弃疾是不是就认为良机已经错过,事情已无法挽救了呢?当然不是这样。对于这次北伐,他是赞成的,但认为必须做好准备工作;而准备是否充分,关键在于举措是否得宜,在于任用什么样的人主持其事。他曾向朝廷建议,应当把用兵大计委托给元老重臣,暗示以此自任,准备以垂暮之年,挑起这副重担;然而事情并不是所想象的那样,于是他就发出"凭谁问:廉颇老矣,尚能饭否"的慨叹,词意转入了最后一层。

只要读过《史记·廉颇列传》的人,都会很自然地把"一饭斗米,肉十斤,披甲上马"的老将廉颇,和"精神此老健如虎,红颊白须双眼青"(刘过《呈稼轩》诗中语)的辛弃疾联系起来,感到他借古人为自己写照,形象是多么饱满、鲜明,比拟是多么贴切、逼真!不仅如此,辛弃疾选用这一典故还有更深刻的用意,这就是他把个人的政治遭遇放在当时宋金民族矛盾,以及南宋统治集团的内部矛盾的焦点上来抒写自己的感慨,赋予词的内容以更丰富的内涵,从而深化了词的主题。这可以从下列两方面来体会。

首先,廉颇在赵国,不仅是一位"以勇气闻于诸侯"的猛将,而且在秦赵长期相持的斗争中,他是一位能攻能守,猛勇而不孟浪,持重而非畏缩,为秦国所惧服的老臣宿将。赵王之所以"思复得廉颇",也是因为"数困于秦兵",谋求抗击强秦的情况下,才这样做的。因而廉颇的用舍行藏,关系到赵秦抗争的局势、赵国国运的兴衰,而不仅仅是廉颇个人的升沉得失问题。其次,廉颇之所以终于没有被赵王重新起用,则是由于他的仇人郭开搞阴谋诡计,蒙蔽了赵王。廉颇个人的遭遇,正反映了当时赵国统治集团内部的矛盾和斗争。从这一故事所揭示的历史意义,结合作者四十三年来的身世遭遇,特别是从不久后他又被韩侂胄一脚踢开,落职南归时所发出的"郑贾正应求死鼠,叶公岂是好真龙"(《瑞鹧鸪·乙丑奉祠舟次馀杭作》)的慨叹,再回过头来体会他作此词时的处境和心情,就会更深刻地理解他的忧愤之深广,也会惊叹于他用典的出神入化了。

岳珂在《桯史·稼轩论词条》中说:他提出《永遇乐》一词"觉用事多"之后,辛弃疾大喜,"酌酒而谓坐中曰:'夫君实中余痼。'乃味改其语,日数十易,累月犹未竟。"人们往往从这一段记载引出这样一条结论:辛弃疾词用典多,是个缺点,但他能虚心听取别人意见,创作态度可谓严肃认真。而这条材料所透露的另一条重要消息却被人们所忽视:以辛弃疾这样一位语言艺术大师,为什么会"味改其语,日数十易,累月犹未竟",想改而终于改动不了呢? 这不恰恰说明,在这首词中,用典虽多,然而这些典故却用得天衣无缝,恰到好处,它们所起的作用,在语言艺术上的能量,不是直接叙述和描写所能代替的。就这首词而论,用典多并不是辛弃疾的缺点,而正体现了他在语言艺术上的特殊成就。

今古遗恨为哪般

鹧鸪天

辛弃疾

唱彻《阳关》泪未干,

功名馀事且加餐。

浮天水送无穷树,

带雨云埋一半山。

今古恨,几千般,

只应离合是悲欢。

江头未是风波恶,

别有人间行路难!

这首词见于四卷本《稼轩词》的甲集,是作者中年时的作品。那时候,作者在仕途上已经历了不少挫折,因此词虽为送人而作,但是所表达的多是世路艰难之感。

上阕头二句:"唱彻《阳关》泪未干,功名馀事且加餐"。上句言送别。《阳关三叠》是唐人送别歌曲,加上"唱彻"、"泪未干"五字,更觉无限伤感。

从作者的性格看,送别绝不会带给他这样的伤感。他平日对仕途、世事的感慨一直郁积胸中,恰巧,遇上送别之事的触动,便一涌而发,故有此情状。下句忽然宕开说到"功名"之事,便觉来路分明。作者和陆游一样,都重视国家的复兴事业,并想建立功名。他的《水龙吟》词说:"算平戎万里,功名本是,真儒事,公知否。"认为建立功名是分内的事;《水调歌头》词说:"功名事,身未老,几时休? 诗书万卷,致身须到古伊周。"认为对功名应该执著追求,并且要有远大的目标。这首词中却把功名看成身外"馀事",乃是不满朝廷对金屈膝求和,自己的报国壮志难酬,而被迫退隐的愤激之辞;"且加餐",运用《古诗十九首》"弃捐勿复道,努力加餐饭"之句,也是愤激之语。"浮天水送无穷树,带雨云埋一半山",写送别时翘首遥望之景,景显得生动,用笔也很浑厚,而且天边的流水远送无穷的树色,和设想行人别后的行程有关;雨中阴云埋掉一半青山,和联想正人君子被奸邪小人遮蔽、压制有关。景句关联词中的两种不同的思想感情,不但联系紧密,而且含蓄不露,富有余韵。

下阕起三句:"今古恨,几千般,只应离合是悲欢。"这里的"离合"和"悲欢"是偏义复词。由于题目"送人"与下阕头句"今古恨"的情景的规定,所以"离合",就只取"离"字义,"悲欢"就只取"悲"字义。上阕写送别,下阕抒情本应该是以"别恨"为主调的,但是作者笔锋拗转,说今古恨事有几千般,岂止离别一事才是堪悲的? 用反问语气,比正面的判断语气更含激情。作词送人而居然说离别并不是唯一可悲可恨的事,显示出词的思想感情将有进一步的开拓。紧接着下文便又似呼喊又似吞咽地道出他的心声:"江头未是风波恶,别有人间行路难!"行人踏上旅途,"江湖多风波,舟楫恐失坠"(杜甫《梦李白》),但作者认为此去的遭遇比它更险恶。那是存在于人们心中、存在于人事斗争上的无形的"风波";它使人畏,使人恨,有甚于一般的离别之恨和行旅之悲。"瞿塘嘈嘈十二滩,人言道路古来难;长恨人心不如水,等闲平地起波澜。"(刘禹锡《竹枝词》)其中的滋味,古人已先言之。作者在此并非简单地借用前人的诗意,而有他切身的体会。他一生志在恢复事业,做官时喜欢筹款练兵,并且执法严厉,多得罪投降派,和豪强富家,所以几次被劾去官。如在湖南安抚使任内,筹建"飞虎军",后来在两浙西路提点刑狱公事任内,即因此事实被劾为"奸贪凶暴"、"厉害田里"而被罢官。这正是人事上的"风波恶"的明显例证。作者写出词的最后两句,包含了更多的伤心经历,展示了更广阔、更令人惊心动魄的艺术境界,情已淋漓,语仍含蓄。李白《行路难》的"欲渡黄河冰塞川,将登太行雪满山",同此悲愤。

这首词,篇幅虽短,但是包含了广阔深厚的思想感情,它的笔调深浑含蓄,举重若轻,不见用之迹而力透纸背,显示辛词的大家风度。